共喰い

田中慎弥

集英社文庫

JN287037

目次

共喰い

共喰い

昭和六十三年の七月、十七歳の誕生日を迎えた篠垣遠馬《しのがきとおま》はその日の授業が終ってから、自宅には戻らず、一つ年上で別の高校に通う会田千種《あいだちぐさ》の家に直行した。といっても二人とも、川辺《かわべ》と呼ばれる同じ地域に住んでいて、家は歩いて三分も離れていない。

国道でバスを降り、古い家屋や雑居ビルに挟まれた細い道を抜けると、幅が十メートルほどの川にぶつかる。流れに沿って歩いてゆく。潮が引いている。浅い水を透かして黄土色の川底が見える。形も大きさもまちまちの石、もし乗れたとしても永久に右へ曲ることしか出来そうにない壊れた自転車、折れた骨を檣《ほばしら》のように水面から突き出している黒い傘、錆《さ》びてほとんど形がなくなっているのに朱色の持ち手だけは鮮やかなままのブリキのバケツ、板塀の切れ端、砂を呑《の》み込んで膨らんだビニール袋、などが川を埋めている。鯔《ぼら》の子が塊になって泳いでいる。岸の泥には大きな蜘蛛《くも》の群れのように鳥の足跡が散らばり、嘴《くちばし》で餌を探したらしい部分には黒いへどろが見える。川に沈んでいるごみや岸辺には、緑色の藻がへばりついている。淡水のものではなく、潮の証拠だった。川の中にあるあらゆるものは、満ちてくる海と混じり合い、引き潮に運ばれずに残ったものだけが川を形作り、またやってくる海を待っている。

においが来る。このあたりはまだ下水道の整備が完全ではなく、家々の便器は一応水洗式だったが、汚水そのものは川へ流れ込むようになっている。家の排水管を下水の本管へつなぐ費用のいくらかは個人負担にした上で、来年の春頃までには工事が行われることになっているから、夏場の激しいにおいも今年が最後だ。

こんなにおいで、しかもあんな父のいる家なのに、このにおいを嗅ぐと遠馬はいつも、帰ってきたという気になる。嬉《うれ》しいのでも苦しいのでもない、川を川だと改めて思うことも、橋を橋だと思うこともないのと同じ、いつもの感覚だ。ただ、いつもの感じだな、と思ったのは今日が初めてのような気がした。

淀《よど》んでいるにおいを掻《か》き分けながらでないと歩けない。満潮に向う時なら海のにおいが加わった空気が揺れ動きながら、しかも粘つく筈《はず》だ。道に面した古い倉庫の雨樋《あまどい》につながれている赤くて痩せた犬が、鎖の長さ分だけ走ってきて吠《ほ》える。蚊柱の横を通り過ぎる。

魚屋の前で立ち止まる。客はいない。魚をおろしていた、黒い前かけ姿の母親の仁子《じんこ》さんと目が合う。

「いま帰りかね。」

「うん。」

「誕生日じゃね。」

「うん。」

「コーラ飲んでくかね。」

「いいや。」

「ほんならまたおいで。」

仁子さんの右手は魚を並べてある硝子《ガラス》ケースに隠れて見えない。川を挟んで魚屋の斜め向いの、重そうな鉄枠の窓が並ぶアパートの角のところには、下着でないことがどうにか分るほどの白くて薄い服を着た女が地面に直接腰を下ろしている。まだ四十くらいだが、戦争があった時代よりも前から、男がやってくるのをそうして待っているように見える。

橋を渡る。欄干に結びつけられた白い風船に見えていたものに細い首が生え、鷺《さぎ》になって飛び立つ。土管からは、どこかの家が洗濯機を回しているのだろう、泡を含んだ水が川へ流れ込んでゆく。

遠馬の産みの母親は仁子さんで、いま父の円《まどか》と遠馬と一緒に住んでいるのは、琴《こと》子《こ》さんという人だ。

もう六十近い魚屋の仁子さんには、右腕の手首から先がなかった。戦争中、空襲に遭い、焼けて崩れた家の破片の下敷になった。川辺はいっぺんにやられた、火の海じゃった、手ェ一つと引替えに命、拾うた、と言うのを遠馬は聞いたことがあったが、仁子さんが右手を失ったいきさつを喋《しゃべ》ったのはその一度切りだった。一度で十分だった。腕にはいまも、肘の近くまで、川辺を焼いた炎そのままの形の火傷《やけど》が、艶やかに波を打って残っていた。

　戦争が終ってから三年ほどして知り合い、結婚しようとまで思っていた相手がいた。だがその男の母親がある日、まさか手のない子が生れてくるんやなかろうね、と言ったため、その頃にはもう初めからの利き手と変わらない動きをするようになっていた左手で、男が止めに入る間も与えず素早く相手の口をこじ開け、右腕の先をくわえさせると、あんたのその舌、胃袋まで押し込んじゃろうか？　と落ち着いた声で告げたのだそうだ。それでも許してくれ結婚してくれと頼む男とは、勿論《もちろん》二度と会わなかった。両親とも戦争で亡くなっていたため、親戚を頼りながら暮したあと、魚屋に住み込んだ。海岸や駅に近い地域と違って、戦後の開発からはかなり置いてゆかれていた川辺は、暫《しば》くの間貧乏を凌《しの》ぐだけのつもりで集まってきた人たちが結局そのまま居ついてしまった、といった土地になっていて、そういう男の一人だった十歳も年下の円と、川辺を見下ろす丘の上の社《やしろ》の夏祭がきっかけでつき合うようになり、結婚した。年のいった手のない自分を嫁にしようという男がまた現れるとは、仁子さんは思ってもみなかったらしい。だが、篠垣の家に入ってそこから毎日橋を渡り、魚屋へ通うようになってからやっと、父が女に関してはいろいろとあるということ、そしてセックスの時、殴りつけることを知った。仁子さんが妊娠している間はその癖を引っ込め、その分、他の女のところを渡り歩いたりした。遠馬が生れて一年も経《た》つとまた殴り始めたので籍は抜かずにとにかく篠垣を出、その頃は前の店主から完全に譲り受けていた魚屋で一人暮しを始めた。息子を連れてゆかなかった理由は、あんたはあの男の種じゃけえね、という簡単なものだった。その時仁子さんは遠馬の弟か妹を腹に入れていたが、産まなかった。四十過ぎちょるから最後の子じゃ思うたけど、あの男の子どもはあんた一人で十分じゃけえ、病院で引っ掻き出してもろうたんよ、と言った。成長するに従って遠馬は、実の母と別々に暮すのを、学校の同級生たちと比べてかなり変なことだと感じはしても、川一本隔てただけの魚屋にはいつでも会いにゆけたので、一緒に住みたいとは思わなかった。

海に近い飲み屋街の店に勤めている琴子さんは、いまから一年ほど前に、篠垣の家に住むようになった。決して美人というわけではないが胸と尻が大きく、三十五という年の割に肌が若かった。酒がそう強くもないのに飲み屋が好きな父が通い詰めて口説いた。琴子さんの頬や目の周りには時々痣《あざ》が出来た。一緒に住むまで、父は殴らなかったようだ。なんで別れんの、親父《おやじ》が怖いけえ？　と遠馬が訊《き》くと、うちの体がすごいええんて、殴ったら、もっとようなるんて、と笑った。ひどく頭の悪い女に見えた。

琴子さんが来てからも父は外へ出かけた。アパートの角に座り込む女とは特に続いている。アパートの出入口は川と反対側にあるので父が来ても魚屋の方からは見えないが、いつもの角のところに姿がなければ父か、他の男が来ている証拠だった。

父は遠馬が小さかった頃から、よく分らない商売をしていた。家にはいろんな電話がかかってき、どう見ても普通の会社員ではない人たちが訪ねてきた。家を空けることも多かった。車庫に停《と》めてある、誰の持ち物かはっきりしない小さなトラックの荷台に積まれているのは、何かの機械に部品として使われるらしい金属の塊のことも、いまにも崩れそうな錆《さび》だらけのたくさんの一斗缶のこともあり、山から切り出してきたばかりという感じの埃《ほこり》っぽい石だったり、二度と使えそうにないテレビやミシン、ガス湯沸し器だったり、ダンボール箱に入った新品の文学全集だったりもした。そういう品物を、売るか買うか一時的に預かるか、時にはどこかへ捨ててしまうかしているらしかった。荷台にかけてある幌《ほろ》が内側からめくられて、化粧の濃い女の顔が覗《のぞ》き、引っ込んだこともあった。遠馬がそっと近づいてみると、日本語や英語ではなく、確かではないがたぶん中国や朝鮮の言葉とも違う話し声が聞えてきた。どんな材質や形なのか見当がつかない楽器の音色にも思える、平板で甘くて温《ぬく》みのある声だった。

千種の両親は早ければ六時前に帰ってくる。誕生日記念のセックスはいつも通りの慌しいものになった。といっても、初めての時みたいに、硬くなった性器に、コンドームを着けるために指を宛《あて》がった、その途端に射精してしまうという惨状は、勿論見ずにすんだ。

子どもの頃からよく知っていたが、今年の春、遠馬は自分が千種の前で、何かしながら何か言っていることに気がついた。あとで確かめてみると、

「あんたは自分の股間、触りたそうに、危ない感じで右手動かして、別れる権利はお前に預けちょくけえつき合おうや、って言うたんよ。」

お互いにとって初めてのセックスは夏休み前の遠馬の誕生日まで取っておこうと

いう約束を、一か月もしないうちに当然破り、最初のうちは数えていたが、今日が何度目だかも、もう分らなくなっていた。

「こんなんでええんかなあ。」

「何？　気持ようなかったん？」

「よかったけえ、こんなことでええんかって思いよるそいや。」

「そんなん思いながらしよったん？」

「しよる間は思いよらんけど、終ってみたら、親父と俺、やっぱりおんなじなんやなあって。とにかくやるのが好きなだけなんやなあって。」

「馬《ま》あ君は殴ったりせんわあね。」

「殴ってから気がついても遅いやろうがっちゃ。」

「馬あ君は、殴らんっちゃ。ほやけど、こんなんでええっかっちゅう疑問持つの、正しい。」

「なんが？」

「そっちは気持ええやろうけど、こっちはまだ、痛いだけやけえ。」

遠馬は何を言えばいいか迷い、父と、父に殴られた琴子さんの痣を思い浮べた。

会田の家を出、魚屋と同じ川の西側の、小学校と中学校がある丘の社へ行った。したいだけしたあとだから、わざわざ金を使うために国道の向うの商店街にあるゲームセンターへ行きたいわけでもなく、やることが特になくて時間があるというと子どもの頃からよくそうしてきた通り、参るつもりもないのに、社ということにしたのだ。石段の上り口の鳥居で、遠馬は一応、

「今日、違うやろ。」

「違う。」

生理の時は鳥居をよけなくてはならないと、古い人たちは言っていた。毎日参っている仁子さんが、うちはもうのうなったけえ自由いね、と半年くらい前に呟《つぶや》いた。

境内でやみくもに走り回ったり、地面に置いた石に別の石をぶつけて陣地を取り合うという、遠馬たちも小学生の頃にやっていた遊びをしている子どもたちが、二人を見て、

「馬あ君と千種ちゃん、つき合いよるんじゃあ。」と騒ぐ。小さな体の群れは、まだ夕日が十分残っているのに闇に包まれているような印象で、ふっと恐ろしく、遠馬は、もう自分がすることはないその遊びを見つめた。

そうしようとは思っていなかったのにとりあえず鈴を鳴らし、社に手を合せたあと、振り向いて川を見下ろした千種は、

「今日も割れ目やねえ。」

川が女の割れ目だと言ったのは父だった。生理の時に鳥居をよけるというのと違って、父が一人で勝手に言っているだけだった。上流の方は住宅地を貫く道の下になり、下流では国道に蓋をされて海に注いでいる川が外に顔を出しているのは、川辺の地域の、わずか二百メートルほどの部分に過ぎず、丘にある社からだと、流れの周りに柳が並んで枝葉を垂らしているので、川は、見ようによっては父の言う通りに思えなくもない。向う側の国道のあたりと比べてみると、川を中心にして群がっている家屋は、二階屋であっても押し潰されたように低く、一軒一軒は別々の造りなのに、全体がまとまって古びている。川と違ってどこにでも流れていて、もしいやなら遠回りしたり追い越したり、場合によっては止めたり殺したりも出来そうな、時間というものを、なんの工夫もなく一方的に受け止め、その時間と一緒に一歩ずつ進んできた結果、川辺はいつの間にか後退し、住人は、時間の流れと川の流れを完全に混同してしまっているのだった。

「川の割れ目さんは、何されても痛《いと》うないんかしらん。」

「お前、そんな痛いんか。」

「気にせんでええよ。そのうち。」

そのうちどうなるというのか、遠馬は想像出来ない。割れ目の川は柳に青く守られている。

「川が割れ目って、もう言うなっちゃ。」

「ほやけど馬あ君のお父さん、うまいこと言うやん。」

「なんが割れ目か。川なんかどうでもええ。こういうとこで生きとるうちは何やっても駄目やけ。どんだけ頑張って生きとっても、最終的にはなんもかんも川に吸い取られる気ィする。」

「ちょっと、勘違いせんでよ。馬あ君は川やないで、うちの中にちゃんと入ってくれるんやけえ。」

「ほやけどそれ、親父とおんなじっちゅうことやろ。やることしか能がない。こんな川の傍《そば》やけ、そういう楽しみしかないんじゃっちゃ。」

「子どもの頃は魚捕りしよったやん。」

いまは鰻《うなぎ》を釣るだけだ。

「さっきの子どもらも、もう川の中にはあんまり入らん。ほやけど、俺らが小さかった時の方がいまより汚れとって、いまより大きい魚がおりよった。」

「馬あ君が小さかっただけやない？」

丘をかすめて飛んできた鷺《さぎ》が、首を縮めたなんとなくいやらしい恰好《かっこう》で通り過ぎ、柳並木の間へ降りてゆく。

「家、来るか。晩飯、食ってくか。」

つき合うようになってからは自宅に呼んでいない。

「帰る。疲れたけえ。それに、」とへその下に手を当て、「まだちょっと。」

「痛いんか？」

「した時ほどやないけどね。」

「俺、根本的に下手《へた》なんかのう。」

「それ、間違《まちご》うちょると思う。経験と努力の問題やない？」

経験というのが千種を殴ることのような気がして、遠馬は黙った。

「遅かったやないか。どこ行っちょったそか。」

自宅の玄関を上がるなり、寝転がっていた座敷から身を乗り出した父に言われたのを無視して、しかし息子を見上げている父の、生白くて小さな、髪の乏しい頭をしっかりとよけて二階へ上がろうとした。

「こおら、父親の質問に答えられんかあ?」

酔っているわけではないし、叱る口調をどれだけ作ってみたところで絶対に手は上げない。遠馬は父から殴られたことがない。

台所から琴子さんが顔を出して、

「お帰りい。馬あ君、デートやったん?」

遠馬は琴子さんを睨《にら》んでから二階へ上がる。遠馬、ほんとかあ、と父の声が追ってき、ほんとよ、うちのお客さんがこないだ見たって言いよったけえ、会田の千種ちゃん、と琴子さんが話すのが聞える。

制服をTシャツと短パンに着替えた頃、あーくそ、わしも若いのともういっぺん、と一階から声が聞え、そのあと、今日は遅うなるけのう、と言った父が下駄《げた》で出てゆく。

　夕食に琴子さんが出してくれた厚い肉は、しっかりと茶色く焼かれ、しかも皿を卓に置いただけでぶるぶると震えるのだった。傍には粉吹《こふ》き芋《いも》と隠元豆の塩茹《しおゆ》でが積み上げられている。

「せっかく馬あ君の誕生日で、肉とケーキ、奮発したそいから、あの人は。」

　痣のある琴子さんの頬に、うしろでまとめたところから乱れた髪が張りついている。馬あ君は殴ったりせん、と言った千種の声を思い出したが、目の前にある琴子さんの、半袖から溢《あふ》れる二の腕や、胸の膨らみで、すぐにかき消された。ナイフとフォークで皿を叩《たた》くようにして肉を食べた。

　夕食のあと琴子さんは店へ行った。遠馬は脂だらけの肉の皿を自分で洗った。流し台の下で虫が鳴いた。


　目を覚ましたのが、便所へ行きたくなったからなのか、一階からの気配のためなのかは分らなかった。遅くなると言った父がいつ帰ってきたのかも知らなかった。

朝の五時だった。階段の上から目だけで、豆電球のともっている座敷を覗く。見るのは初めてではない。大きくて厚みのある琴子さんに小柄な父が埋め込まれ、その肉の塊が、不自由を味わっているように、苛立《いらだ》たしげに、止まることなく動いている。父ははっきりした呻《うめ》きを短く漏らし、琴子さんは吐息を大きく噴き上げる。やがて、密着していた肉に破れ目が生れた。父が腰を振動させながら上半身を反らせると、琴子さんの髪を摑《つか》み、反対の手で頰を張った。肉の音から少し遅れて琴子さんの吐息が出、それに反応したように父の動きが速くなり、両手を首にかけて絞め上げる。腰がほとんど機械的に上下動をし、父は頭を天井へ向って突き上げると、水が小さな穴に吸い込まれるのに似た声を出し、硬直し、崩れ落ち、荒い呼吸をしていたが、

「あーら。」と、まるで昼寝から起きたような穏やかな声で立ち上がった。今度はいつ見られるだろうかと遠馬は思った。関節が外れてしまった感じの恰好で伸びている琴子さんの体と、それをじっと眺めているらしい父の下半身だけが、一階の天井と階段の手摺《てすり》の間から見えた。父の呼吸に合せて、まだ硬度を保って水平に突き出されている赤茶色の性器が揺れた。

「夕方からじゃけえのう。先、行っちょけ。わしが行くの待たんでやりよってもええぞ。釘針《くぎばり》使うんぞ。」

夏休みに入ってからは初めての鰻釣りだった。命令だけして、父は畳へ横になり、指で鼻毛を抜いている。

魚を捌《さば》いたあとの骨や皮を仁子さんが直接川に捨てるので、魚屋の前には鰻が集まる。最近になってやっと、下水がこれだけ流れ込む川で釣った鰻を父が食べるのを、不潔で危ないことだと思うようになってきていた。他にそんな人間はこの川辺にはいないし、遠馬自身も食べない。

釣りの前にセックスを、千種の家でした。両親は共働きだから、父がいつ家にいるかいないかが読めない遠馬の家よりはずっと安全だ。千種の中に入ろうとする直前、思わず体を起して自分の性器を見た。水平より上向きだった。全身に力を籠めて待ち構えていた千種が息を大きく吐き、

「どうしたん。なん考えよるん。」

性器を見たままで、

「今晩、鰻、釣るけえ、そのこと。」

ゆっくりと入ってゆき、なるべく柔らかく、機械的にでなく波が打ち寄せる感じで動いてみたが、急いでするいつもほど気持よくはなかった。千種はやはり痛いらしかった。

夕方、一度家へ帰ると父はいなかった。

「どこ行ったん。」

琴子さんは洗濯物を取り込みながら、

「疑《うたご》うとるんよ。」

「何を。」

「店に来る、若い男のお客さん。ほじゃけえ店とか、他のとこ、いろいろ嗅ぎ回るようなことしよるらしい。」

蚯蚓《みみず》を探すために、インスタントコーヒーの空瓶を持って庭に降り、

「ほんとなん、それ。」

「え？　何？　どっちのこと？　あの人が疑うとるっちゅうこと？　うちに誰かお

るんやないかっちゅう話の方？」

「そう、そっち。」

「なんかいね馬あ君まで、そねえなことお。」と笑う。

何も植わっていない鉢を持ち上げてみたが、このところ雨が降っていないために、いつもなら湿っている土も乾き、団子虫がいるだけだったので、洗濯機から伸びたホースが川へつながる穴に刺さっている傍の、緑色の苔《こけ》が薄く広がっているところを、瓶の蓋の縁で掘り起し、五、六匹捕まえた。足りなければ魚屋で余り物を貰《もら》うことになる。

「弁当、詰めちゃげようか。」

「いや、どうせ魚屋で。ごめん。」

「あら、謝らんでも。」

外へ出ると、千種とほとんど毎日なので少し目眩《めまい》がした。柳並木の向うの夕日の空に、国道沿いに建つマンションの灯がともっている。

川の傍を歩くにつれて、柳の根本を覆う草むらの虫の声がやんだり、うしろの方でまたすぐに始まったりする。もうこんなに鳴いているのかと思うが、アスファルトの路面が夕闇の底から一歩毎《ごと》に現れてはうしろに退いてゆくのを見ていると、今年の夏ばかりか、川辺の風景や人や時間までが運び去られてしまうかのようだ。誕生日に社で、まだ来てもいない闇の中に子どもたちを見たのと似ている。あの時境内に、本当に子どもがいたのだろうか。何もかもが遠ざかって消えてゆく感じがする。なのに、昔からこの川辺にあって何も変わらない全てのものが、いまのまま残り続けてゆきそうでもあった。錆が浮いて茶色い筈の橋の欄干が骨に見えた。割れ目の川に、丁度満ち潮時にかかっている海が、うねって差し込まれてきている。低い波が夕日をたぐり寄せ、護岸の凹凸に合せて巧みに狭まったり広がったりしながら上ってゆく。鯔《ぼら》か鯖《せいご》らしい魚体が跳ねて光った。音は硬く、小さかった。海と下水が混じり合ったにおいにまとわりつかれ、暑く重たい夜が体に染み入ってくる気がし、首筋を手で拭った。皮膚が溶けたような汗だった。

魚屋の軒灯が目に入った。店はもう閉めているが、夜釣りの時は仁子さんがともしてくれる。しかし父はいなかった。俎板《まないた》の前にいた仁子さんが、

「さっき顔出して、どっか知らん、行ってしもうた。」

向いのアパートの角には女が白い服で座り込み、団扇《うちわ》を使っている。

「来んつもりなら最初から指図すんなっちゅうそに。」

父と一緒にここで釣る時は親子三人が一緒にいられるので、遠馬はいつもつき合うのだ。

仁子さんは仕事の時と同じ恰好をしている。右腕の先に布巾を巻きつけ、その上から義手をつけているのだが、手の形を再現したものではなく、ステンレス製の細くて長い骨を何本も組み合せて筒の形を作り、その窄《すぼ》まった中心部に布巾の部分を当て、上のところを革のベルトで留めてある。丁度右腕の肘から先が、細長い金属のかごに納まっている恰好だ。手先には滑り止めのゴムが嵌《は》め込まれている。それで魚を俎板に押えつけ、左手に持った庖丁《ほうちょう》で鱗《うろこ》を取り、腹を開ける。鰻を捌く時だけは、滑らないように、剝出《むきだ》しになったステンレスの爪で直接固定しなければならないので、ねじを緩めてゴムを義手から外す。その時、ぽこん、と変な音がするのだった。

ちょっと見には痛々しい、奇妙な、ほとんど一種の機械と呼べそうなこの右手は、病院で勧められた手に似せた義手では仕事に不都合だと日頃から仁子さんが漏らすのを聞いていた父が、当時まだ川辺にあった、板金や鉄骨を加工する小さな工場に頼んで結婚前に作らせたのだった。最初のものは二年で壊れたので、どこがいけなかったかを考えた上でまた作られ、そうやって何度か新調し、部品を取り替えたりしてきた。工場がなくなってしまってからはどこに修理に出せばいいか迷ったあげく、仁子さんは国道の向う側の商店街にある自転車屋や時計屋、眼鏡屋に持ち込んだり、ミシン油を差したりしながらだましだまし使ってきたが、そろそろ限界で、いまのものが壊れたら、仕事には役に立たない滑らかな義手にして、思い切って人を雇うか、店をまるごと誰かに譲ろうと考えているようで、その中には遠馬も含まれているらしかった。

仁子さんは一度息子を見ただけでまた、真ん中がへこんでいる古い俎板に魚を載せる。遠馬は壁に立てかけてあった二本の竿《さお》と傍の道具箱を持って表へ出、護岸の柵に一本を置いてもう一本を持ち、リールの具合を調べる。暗がりの中でも当りが分るように、竿の先にはクリップ式の鈴をつける。使い古して表面があちこち削れているために何号だか正確には分らなくなってしまった錘《おもり》の、中心を貫いている穴に道糸を通し、より戻しにつなぎ、はりすを結ぶ。片方の竿には釣具屋で買った鰻用の針をつけ、もう片方は父の言った通り釘針にした。これを作るには、まず釘の頭を切り落してやすりをかけ、反対側と同じように尖《とが》らせる。次に真ん中をやはりやすりで削ってくぼみを持たせ、紙やすりで仕上げ、釣る時はそこにはりすを結び、両端から蚯蚓を一匹ずつ刺す。当りを見極めてうまく合せれば、鰻の口の中で釘が横一文字になってしっかり食い込み、外れることはまずない。遠馬は何度やっても、頭を落した側を尖らせることが出来なかったり、真ん中のくぼみの表面をうまく仕上げられずにはりすを傷つけてしまったり、合せに失敗してしまったりで、いまだに使いこなせていない。

竿を柵に置き、魚屋の中で当りを待った。満ちてくる海のにおいが徐々に下水に勝ってきた。夜釣りの場合、潮はあまり関係ないが、水がたっぷりあるというだけで大物が釣れそうな気がする。

魚屋の軒灯がだんだんと目立ってくる。風はない。柵の周りに植えられている紫陽花《あじさい》の葉も、大きな爬虫類《はちゆうるい》の背中の棘《とげ》のように浮び上がって動かない。夜が時間と一緒に固まってしまいそうだ。明るい時よりも細く見える二本の竿の先だけが、満潮が近づく緩やかな水の流れに合せて上下動をしている。鈴が鳴るほどではない。

「これでええかね。」

仁子さんが丼を持ってきた。飯の上に庖丁で叩いた鯵《あじ》と鰯《いわし》、葱《ねぎ》が盛られ、しょう油の香りがする。茄子《なす》の漬物が二切れ、端の方に載っている。箸で混ぜ、掻き込む。仁子さんは魚のあらを川に捨て、俎板と庖丁を洗い終ると義手を外し、柱にねじ込んである鉤《かぎ》にぶら下げ、奥の座敷に上がった。やがてそちらから流れてきた煙草の煙が、店の中をかすかに濁らせた。

「なんかあったんかいね。」

母の声に、琴子さんの言っていた若い男のことがよぎり、

「なんが。父さん、なんか言いよった?」

「言わんでもあの目ェ見りゃあなんとのう。あの男のああいう目は、ようないんよ。こないだ、あんたの誕生日にもあの目じゃった。血がたぎっちょるような。」

自分の誕生日に琴子さんから千種のことを聞いた父は、若いのともういっぺん、と言って夕食の前に出かけてゆき、翌朝早く、遠馬は二階の座敷に父と琴子さんを見たのだった。

「訊いてええ? 父さん、ここに泊る時、やっぱり、殴るん?」

鈴が鳴ったので、丼と箸を置いて外へ出た。釘針の方だ。駄目かもしれないが、

とりあえず竿を持つ。当りがあった以上は合せてみなければならない。もう完全に食いついただろうかと思い、竿先をあおってみる。根がかりなのか、全く動かない。竿を寝かせて引っ張ったり、思い切ってリールを巻こうとしてみても同じだ。鈴が鳴ったのは、流れに乗ってきたごみが道糸に触れたからかもしれない。またリールを巻いて竿を小刻みに動かしてみる。動きに合せて鈴が鳴る。すると何度目かで、川の底から何かが剥がれて浮き上がる感触が来るのと同時に、道糸が粘り気のある力でゆっくりと持ってゆかれる。ゴツゴツと強く引っ張るのではなく、どこか、仕方なさそうだ。直線的な動きなのに、ひどく鈍い。引きというより、重みだけでどこまでも沈んでゆくという感じだ。竿は急な曲線を描いている。リールを巻く。釘針がここまでしっかりかかったのは初めてだ。アパートの角の女の団扇が軽々と動いているのが視野の隅に出入りする。すぐ傍の紫陽花の葉の中で虫が鳴く。竿と糸が作る弧の下を蝙蝠《こうもり》が潜り抜けてゆく。

滑らかに揺れていた川面《かわも》に、軒灯を浴びた金色の飛沫《しぶき》が立ち、乱れた8の字が描かれ、道糸によじ上るようにして鰻が上がってくる。見る間に全身が糸に巻かれる。クレーンで物を吊《つ》る要領でゆっくりと柵の内側へ入れ、路面に降ろす。竿の手許《てもと》の部分と同じくらいの太さがある。細かく何度も合せたからか、釘の両端が肉を突き破り、片方は顔を引き裂いている。はりすをくわえている深緑色の細長い受け口が光っている。絡みついた道糸を振りほどこうとして鈍くのたうつ。遠馬は自分が興奮し、下腹部に熱が集中してゆくのを感じる。初めて釘針にかけて釣り上げたためもあったが、裂けて、半ば崩れた鰻の頭を目にしたからだと意識する。

竿ごと魚屋の中に持ち込むと、仁子さんはもう義手を嵌めていて、はりすがついたままの鰻を流しに置き、左手で義手のねじを緩める。途端に、ぽこん、と鳴ってゴムが外れる。現れた爪で頭を、捌く時ほどの強さではなく、静かに押えつけ、暴れる体を左手でしごいて釘を絞り出し、バケツに放り込んですぐに水を張り、大きな鍋の蓋を裏返しに被《かぶ》せ、真ん中のへこみに重しの煉瓦《れんが》を置いた。こうして一晩かけて泥を吐き出させる。口よりも、顔の傷口から腹の中のものが出てゆきそうだ。

アパートの角から女がいなくなっている。赤犬の鎖の音がかすかに聞える。仁子さんはまた奥へ引っ込んで煙草を吸い始める。遠馬は釘針に新しい蚯蚓をつけて投げ込む。放っておいたもう一本の仕かけを巻き上げてみると、針とそう大きさの違わない沙魚《はぜ》がかかって死んでいた。針から外す時に口が大きく裂けた。また体に熱を感じる。親指の爪を鰓蓋《えらぶた》からこじ入れてみる。頭の形が、指の下で着実に崩れてゆく。死んだ肉はなんの抵抗も見せない。熱が冷めてゆく。川に捨てた。

流しで手を洗い、途中だった丼に戻ると奥から、

「さっき、なんか言いかけちょったろうがね。あの男、ここに泊る時に？」

崩れた鰻の頭を見たために、自分が何を訊こうとしたのかも思い出せなくなっていて、

「は？　ああ、別に、もうええっちゃ。」

しかし仁子さんは、

「泊るっちゅうことはのうなった。ちょっと寄って、他んとこ。もう女やのうなっとる女、どうこうする気もないんじゃろういね。うちと違うて、琴子さんはやられよるんじゃろう。」

ひどく冷たい言い方に聞えたので振り向いたが、煙草をくわえた影があるだけで、細かい顔つきは見えない。

「相手がちゃんと女じゃったら、やるんよ、あいつは。ああいうことせんと、男にならんそよ。」

食べ終り、しょう油と飯粒がこびりついている丼に茶を注いで飲む。仁子さんが煙草の箱を差し出す。

「いらん。」

「あんたはあいつに似ちょるけ、吸わんのじゃね。酒はね？」

「なん言いよるん。息子に煙草と酒、勧める親が、どこにおるんか。」

「勧めんでも、どっちかか、両方か、そのうちやるようになるっちゃ。」

息子に期待しているような言い方だった。

時々見かける大きな猫が、虎毛の背を波打たせて声も足音も立てずに店の中に入ってき、仁子さんのいる座敷へ上がり、裏口へ歩いてゆく。あまりにも大きなうしろ姿だったので、魚屋の方が猫の体の中を通り抜けていった感じがした。家一軒が通るなら、川底のごみや川辺に滞っている時間も、猫の体を楽に通り抜けてゆきそうだった。

九時過ぎまで竿を出して、結局最初の一匹だけだった。父は来なかった。アパートの女も現れなかった。仕かけを解き、竿と道具箱をもとの場所に戻すと、「明日、取りにくるけえ。」と鰻の入ったバケツを差し、魚屋を出た。

家には、店へ出る前に琴子さんがつけた灯りがともっていたが、父はいなかった。熱が冷め切らずに、どこかに残っている。風呂場で水を浴びるが、全身を透明な道糸に巻かれた鰻が頭から消えない。顔の傷口から出てきた汚れが、自分の中に流れ込んでくる気がする。性器を握る。鰻の傷口に押し込むつもりで指を使う。すると急激に硬くなり、今度は性器そのものが鰻で、鰻が自分の傷口に潜り込んでもがき、崩れた鰻の頭と千種と琴子さんが恐ろしい速度で現れては入れ替わり、混じり合い、充満する血が網目になって広がり、何もかもを捕えようとし、しかも自分の血の網を突き破ろうとするのも自分自身なので、破ったと思うとまた血にまとわりつかれ、いきり立つところを指で押えつけ、父に首を絞められる琴子さんがくっきりと目の前に現れて、終りだった。

もう一度水を浴びた。飛び散った灰白色の滴が溶けて排水孔に集まり、川へ流れ込んでいった。

「お早う。」と明るい声の琴子さんが朝食を終えるところだった。

「親父は。」

「もう出かけたんよ。祭の差配せにゃ、言うて。」

来月は社の夏祭がある。

便所で小便のために引っ張り出した性器は、いま見たばかりの琴子さんの首とは全然似ていない。

座卓の前にあぐらをかき、よそわれた飯を食べ、玉子の入った味噌汁《みそしる》を啜《すす》り、細い柳葉魚《ししゃも》を頭からかじり、最後に、椀《わん》の底に残った玉子を、つぎ足した飯の上に載せ、掻き混ぜて食べ尽す。琴子さんは自分の食器を重ね、茶を淹《い》れながら、面白そうに、

「馬あ君はまだ子どもの食べ方なんかなあって思いよったんじゃけど、お父さんの方が子どもなんかもしれんねえ。二人とも、逆の食べ方、しようとせんねえ。」

父は玉子を、汁ごと飯にかける。茶色い汁に飯粒の泳ぐのが気持悪くて、遠馬はやらない。

「箸持ってご飯食べよる時の恰好やら、口の動かし方やらはそっくりなそいから。」

湯呑を差し出してくれた太い腕の肘の内側に汗が溜《たま》っている。茶の湯気を越えて

琴子さんの体もにおってき、呼吸が速くなる。崩れた鰻の頭が浮んできて驚き、打ち消すために湯呑を摑むと熱かった。

「お前が自分で話せって、お父さんから言われたけえ報告しちょくけどねえ、赤ちゃん出来たんよ。産むつもりじゃけど、馬あ君は承知してくれるかいねえ。」

茶の熱さに文句を言うように、

「は？　なん言いよん？　なんでそんなこと俺に訊かんといけんの？」

立ち上がったと同時に湯呑が座卓の上に転がり、琴子さんの、きゃっ、という声が聞え、あとを見ずに玄関へ行き、サンダルを履く。

「どこ行くん。」

「鰻、取りに、魚屋。」と乱暴になった言い方が父に似ていると感じ、また浮んできた鰻の頭が一階の天井と階段の手摺の間に見た赤茶色の性器と重なった。鰻の血が琴子さんの腹に入り込んで成長してゆく。腹の子と、琴子さんの血と肉と骨を全部搔き出したあとで自分の性器を突っ込み、琴子さんを満たしたかった。その性器の形通りに膨らんだ琴子さんをこすり上げたかった。

魚屋へ行くための道を逸《そ》れて千種の家へ行った。会うなり、顔は見ず、抱きつくより先に服を脱がせようとした。勿論コンドームは持ってきていない。

「冗談やめてっちゃ。大きい声、出されたいん?」

「お前、ゴムとやりたいんか。俺とはいやなんか。」

「目つき、変やけえ、いやっちゃ。」

「子ども出来るん、怖いんか。俺の子が出来たら、腹から引っ掻き出すんか。」

「あんた、言いよること、わやよっ。」

強い口調で睨む、これまで見たことのない硬直した顔の中で、唇だけが隠し忘れたように赤く光っているので、両手で頭を摑んで下半身へ引き寄せようとしながら、

「下に入れさすんがいやなんやったら、口でしてみい。お前ん中に入れられるんやったら上でも下でもええ。」

千種は体をめちゃくちゃに捩《よじ》って逃れようとし、遠馬は手をずらして首を絞める恰好になり、一気に力を籠め、次の瞬間には自分の腕力に弾き返されるように手を放した。

魚屋へ行く前に川縁を何度も往復して、腹の方にまで反っている性器を静めなくてはならなかった。赤犬が吠えた。目を剝き、尾を振り立て、狂っていた。突っ張

ったり緩んだりする鎖の先の赤い塊が、何日も雨の降らない乾いた空気に押えつけられて暴れている、その光景にさえ、一度縮まりかけた性器が確実に反応しそうだった。川のところどころでは、普段どれだけ浅くなったとしても水を被っている川底が顔を出していて、海は気配もない。柳の枝先をつまんで引きちぎった。

女がアパートの窓から上半身を突き出して眠り込んでいる。父の姿は見えない。魚屋はシャッターを上げてあるものの硝子ケースの中はほとんど空で、店は暗い。義手が柱にかかっている。

「鰻、取りにきたんやけど。」

椅子にかけ、戻ってこない筈の時間がもし間違って店の前を通りかかったら絶対に逃しそうにない目で外を見つめ、煙草を吸っていた仁子さんは、立ち上がると大きな銀色の冷蔵庫を開け、小鍋を、そのあとからコーラを取り出し、栓を抜く。鍋の中身は白焼にした鰻の切身と、やはり焼いてある肝だ。

「返す時、気ィ遣わんでって言うちょいてよ。」

鰻を取りに来るといつも言われる。絶対に空では鍋を返さない琴子さんへの伝言だ。そういう礼儀が仁子さんには当てつけだと感じられるのだろうと、遠馬は考えていたこともあったが、常識的に鍋のやり取りをしているだけなのだと、当り前のことが最近やっと分ってきた。しかしそうなると、お互い納得している完全な礼儀は、完全な当てつけにもなっているのではないかとも思える。

鍋を持ったままコーラを、一口ずつ、ゆっくりと飲んだ。なんの用もなくただ会いたいだけで来ていた小学生の頃は必ず、おいしいかね、おいしかろうがね、と言ってくれたが、仁子さんは新しい煙草に火を点けると、

「なんかいねさっきから。恐ろしげな目ェしてから。」

「なんが。」

「おんなじ目、しちょる言うそよ。もうちょいと、」と自分の顔を指差して、「こっちに似せて産んじょきゃあよかったけど、もう手遅れじゃわ。」

げっぷを一つして、

「琴子さん、妊娠したんてよ。」

煙草を大きくふかして目を細めると、

「ほーっ。ほんとかいね。ほしたら琴子さんも暫くの間は、やられんですむわ。あんたがお腹《なか》におる間もそうじゃった。綺麗《きれい》にやまっちょった。ほじゃけえ、やられ

とうなかったら、次から次ィずうっと腹に入れとかんといけん。うちはあんた一人じゃったけど。琴子さんに小さいのが出来たら、あんたどうするつもりかね。家から出てけ言われたら。」

「知らん。」

「まあ無事に生れてくるかどうかも分らんけどいね。」

「その言い方ないやろ。」

仁子さんは灰皿でゆっくりと煙草を潰し、

「ほんならあんた、生れてきてほしいって、本気で思うちょるそかね。だいたいあの男の血ィ引くんはあんた一人で十分いね。そういう風になっちょろうがね。あんだけあっちィこっちィ出入りしよるそいから、結局まともに生れて育ったんはあんた一人よ。あの男の子ども、産める女、うちぐらいのもんじゃろういね。」

「もう一人、産めた筈やろうが。」

強く言ったつもりの声が震える。

「産んじょったらあの男の子どもになっちょるところいね。その前に引っ掻き出したけえ、うちの子どもになったそよ。あんたの時にね、うち一人の子じゃ思うて産んではみたけどいね、悔しゅうてどうしようもないけど、やっぱり二人の間の子じゃったわ。」

飲み干したコーラの瓶を俎板の隅に置いて、

「ごちそうさん。」

「あんた、会田の千種ちゃんなんてね。」

魚屋を出ようとしていた遠馬は、

「誰に聞いたん。」

「誰っちゅうことはないいね。誰がどねえな噂《うわさ》、店に持ってきたか、いちいち覚えちょらんけえ。ほじゃけどあんた、もうちょっと綺麗な子ならええそいから。」と言ってから鍋を指差し、「あんたは、食べりんなよ。琴子さんにも言うちょき。」

これも、いつも言われることだったが、頷《うなず》いて店を出るとうしろからまた、

「祭が近いんじゃけえ、特に、汚ないもんに触らんようにせんと。」

死んだように女が動いていないアパートの壁に、熊蟬《くまぜみ》が一匹張りついている。鳴いてはいない。自分が眠っていないすぐ傍に蟬がいたのだと、女がこの先、知ることはない。自分もわざわざ教えてやろうとは思わない。まるで蟬が止まっていないの

と同じようなものだ。すると、女と蟬を同時に見ていることじたいも、嘘だという気がしてくる。なのに赤犬は確かに吠えている。牙が白くて小さかった。

　鰻があるので、父は昼前に戻ってき、

「どねえしようかいね。」と琴子さんが訊くと、

「そのまんまでええ。」

「温めんでもええん？」

「そのまんまじゃ言いよろうがっ。生姜《しょうが》じょう油じゃけえの。」

　白焼の鰻や三人分のそうめんと一緒に琴子さんが座卓へ運んできた下ろし生姜が父に全部使われてしまわないうちに、遠馬は素早く箸で取ってめんつゆの中に溶く。

　焼いてある肝を指でつまんで口へ入れ、飴玉《あめだま》みたいに舌で転がしてから嚙《か》み砕き、呑み込んだ父は、皿に載った冷たい白焼の上に生姜を山盛りにし、そこへしょう油を注ぎ、鰻の身が見えなくなるくらいまで広げ、一切れを箸で持ち上げると、生姜がずり落ちないように一口で食べてしまう。遠馬は食べたことがないので味は分らない。

「お前ら、食わんのかいのう。なしてかのう。つまらんのう。生姜使《つこ》うちょるそじ

やけえ、におわんのぞ。」

父は鰻を食べている時が一番幸せそうだ。そうめんにも箸をつけはするが、食べ応えが足りないとでも言いたげに、次の切身をまた一口でねじ込み、残りの身も続けて食べ尽してしまうと、最後に、仁子さんがいつも切り落さずにおく頭の部分にしゃぶりつき、一度口から出してまだ肉がついているところを確かめ、また吸いつく、ということをくり返す。鰻の細長い頭は、一口毎に肉を剝ぎ取られてゆき、唾液でとろとろに光った。釣り上げる時に作った傷に、父は気がついていない。

「その鰻、釘針にかけて上げたんよ。」

「おおう。初めてかいの?」

「うん。」

「そりゃあようやったわ。ありゃ、しもうた。それじゃったらお前も一口食べりゃあよかったそにのう。」

白い顔を緩めて笑った。機嫌がいいのは琴子さんに子が出来たからかもしれなかった。

「鍋返す時、気ィ遣わんでって。」と遠馬が言うと琴子さんはそうめんを啜り、無言で二度頷いた。

八月になっても雨は降らなかった。潮が引いている時は、川の上流からの水量が極端に減っているのがよく分った。岸辺の泥は乾き、船虫《ふなむし》は護岸の石組の隙間や土管の内側で、動こうとしない熱くて重たい空気を、どうにかやり過していた。鷺《さぎ》は、降り立ちはするものの、たいした収穫もなさそうで、すぐに引き上げていった。水の少ないことに驚いているみたいに、鼠《ねずみ》が慌てて川を横切った。水面から突き出ている壊れた自転車のハンドルには、模型のように大きな蜻蛉《とんぼ》が止まり、翅《はね》を震わせて飛び立つ恰好が、やはり作り物だったかと一瞬思わせた。潮が満ちてくると、乾いた泥が岸辺から引き剝がされて水に浮び、溶け込み、川を遡ってゆく海の先端を濁らせた。

千種には会えなかった。電話口までは出てきたので、首絞めたこと許してくれんでもええけえ、するだけしてくれんか？　頑張って痛うないようにするけえ、と言ってしまったために、あんた死んでくれん？　と一言残して切られてからは、なんのきっかけもなくなってしまい、結果、風呂場から川へ毎日精液を流し込むことになった。父や琴子さんに邪魔される心配が一番少ない場所だったが、セックスと同じく真っ裸なのに、千種はいなかった。

仁子さんの言っていた通り、父は琴子さんを殴らず、反対に近寄りづらそうな様子さえ見せた。予定日がはっきり分るちゅうそが気持悪い、と言って、横目で見ては申し訳なさそうにうなだれたりした。殴ったことを反省しているのだろうかと思った。遠馬は、自分が母の腹の中にいた時の父を見ている気がしたが、仁子さんの言った別のことも頭を離れなかった。琴子さんの子どもが生れたら、父は自分を家から追い出すだろうか。魚屋に住むつもりはない。家からではなく、川辺から出てゆくことになりそうだ。遠馬はこれまで、高校卒業後のことをほとんど考えてこなかった。就職か進学かさえはっきりさせていない。ただ、好きでもない勉強をこれ以上続けるのも、父や仁子さんのように川辺にへばりついて働く一生もいやだ。父に追い出される自分なら想像出来る。もしも出てゆくなら千種も一緒だ。だが千種となら、将来よりも、とりあえずいまセックスがしたい。そう思って漸《ようや》く、想像しづらい将来が一気に消えた。千種を殴っても殴らなくても、セックスだけはしたかった。

　盆が近づくにつれ、雨はあい変わらず天気予報の中にさえ姿を現す気配もなく、道も家並も橋も柳も、赤犬の声や進んでいるのかいないのかはっきりしない時間まで、熱で崩れ、溶け出しそうだった。曲げた首が暑そうな鷺は、いまにも空中で蒸発してしまうかと見えた。大きな虎猫は、焦げた空気に喉を詰らせて咳《せ》き込む度に膨らんだり縮んだりした。アパートの女の目は異常なほど澄んでいた。夢に見たこともない別の人生が通り過ぎてゆくのを眺めているに違いなかった。

　川辺らしい滞った時間が順調に経過するうちに、下水道工事の個人負担の問題は、においに関する他の地区からの苦情が多いために、市が最初の計画より大幅に予算を増やしてでも早目になんとかするらしい、という話に落ちついたものの、安く上がりそうだと知らされた川辺の住人たちは大して喜びもせず、父はアパートやそれ以外のところへ行ったり、いるのかいないのかいまだに分らない琴子さんの相手について懲りもせず探ったりし、父以外の男たちは、捕まえようのない太った時間を必死で押えつけ、引き裂き、ごまかして仕事をサボり、熱と光に焙《あぶ》られている点だけは川辺と一緒の甲子園の高校生たちをテレビで見物し、家からなかなか出ようとしなかった。夕立さえない護岸の隙間を出入りする船虫の背中が白く、埃っぽかった。

魚屋へ小鍋を返しにゆく。中には、琴子さんが和布《わかめ》の茎と一緒に煮しめた大豆が入っている。

アパートの角に女はいない、と見ていると、魚屋から出てくる。持っている透明なビニール袋を、中身の新聞紙からはみ出した太刀魚《たちうお》の口先が突き破ろうとしている。袋の隅に血が溜っている。目が合うと女は立ち止まって、首を傾けながらの妙な姿勢で頭を下げる。遠馬は何もせず魚屋に入り、

「鍋、ありがとう。遅うなってごめんて、琴子さんが。」と俎板の横に置く。

「ん。」

小さく頷いた仁子さんは鍋を持って片づけようとし、すぐに重さに気づいたらしく口の中で、あら、と呟いて唇を尖らせ、眉をわずかに歪《ゆが》め、硝子ケースの上に鍋を置き、蓋を取って確かめたあと、拝む恰好をし、

「ありがとう、言うちょいて。」

千種に会えず、宿題も手につかないので、鍋返しにいってと琴子さんに言われるまま魚屋に来たが、古くて小さな鍋とか茶色く煮られた豆のことに手を貸した時間が急にもったいなくなり、出てゆこうとすると、

「待ちっちゃ。」

「コーラばっかりいらん。」

「会田の奥さん、きのう、買いにきてくれたんじゃけどね。」

「え。」と足が止まって情なくなる。

「千種ちゃんと会うとらんのかね。」

「どうでもええ。」

「会田さん、心配しよっちゃったよ。」

仁子さんの声はそれまでになく小さくて、内緒話のような、耳うちの感じがした。息子を心配する母親の声だった。気持悪かった。

「関係ないやろ。」しかし続けて、「千種のお袋さん、なんか言いよった?」

「え? なんかって、なんかね。は?……あんた、殴ったんやあるまいね。」

殴らずに首を絞めたと説明するのも変なので黙っていると、仁子さんは仕方なさそうに煙草の箱を手に取り、

「殴った時はなんの覚悟もなかったじゃろうけど、いっぺんでもやってしもうたんじゃったら覚悟しちょき。どんな目に遭うか分らんよ。うちもね、最初にやられた時は、本気で、殺そうと思うたくらいじゃったけえ。なんであん時やらんかったんかって、いまでも不思議なそ。ほいでもね、あの男、恐ろしげな目で、あんたもこんとこそうなっちょる、その目でうちのこと見下ろしてからいね、自分が気持ようなりたいだけで殴るんじゃけどよ、あの目は右手のないそを笑《わろ》うとりはせんかった。ばかにしとりはせんかった。ただ殴りよるだけじゃった。」

魚屋を出てから、コーラを飲まなかったなと思った。アパートの女はいつもの場所に座っている。

家へ戻り二階へ上がろうとすると、

「ちょっとええかいね。」

琴子さんの声は普段と違っている。改まっていて、どこか、何かを怖がっている感じがする。一度玄関の方へ、それから台所の向うの裏口へも走らせた目を遠馬に

据えて体を寄せる。雨の夜のようなにおいがする。

「出てくことに、したんよ。世話になっちょって誰にも言わんまんまっちゅうそは駄目じゃけえ、馬あ君にだけ、ね。」

「親父にはなんも言うちょらんの？」

「うちが完全におらんことなるまで言わんでくれる？　何するか分らんやろ。いままでさんざんやられてきたけえ、最後くらいはなんもされんうちに行ってしまいたいんよ。」

「あの、店に来るっちゅう人と？」

「残念でした。うち一人。ま、」と腹を撫《な》でて、「こいつはまだ、頼りにならんけえねえ。」

「今日？」

「いいや。」

「金は、あるん？」

「子どもが心配することやない。」

「ごめん、俺の方が……」

「なん?」

「親父が一番ばかやけど、琴子さんと仁子さんもばかやなって、ずうっと思いよった。女、殴るような男と、どうしてって。ほやけどばかやないよ。逃げる気になったんやけ。親父、止めきらんかった俺の方が、親父と同じくらいばかやった。」

「どんだけいやなことあってもよ、馬あ君、自分と、自分の親のこと、ばかって言うの、ようないよ。そう思うくらいじゃったら、馬あ君もこの家出てくこと考えた方がなんぼましかしれんよ。」

二階へ上がっても雨の夜のにおいは離れなかった。琴子さんが本当に出ていっても、父が家を出ることはなさそうだ。同じように仁子さんも自分も、ずっと川辺で生きてゆくのだろうかと思うと、ひどく無駄な時間を過している気がする。

千種を思い浮べた。同時に、崩れた鰻の頭も現れた。

小さな社には神主がいるわけではないから、川辺の男たちが毎年勝手に祭の準備をする。遠馬も、柳の幹や電柱へ幟《のぼり》をくくりつける作業を手伝った。父は夜店の手

配に飛び回る合間に、琴子さんの腹を、まるで生れたての子どもの頭みたいに恐ろしそうに撫でて、

「名前じゃわ。今度はわしとおんなじ一字がええと思うけどのう。男でも女でものう。」

遠馬の名前も、一応は父がつけたものだった。

琴子さんはいつもと変わらない顔で家事をし、店に出ている。父の子を妊娠しているのだから、自分がお腹にいた頃の仁子さんに似ているのかもしれない。仁子さんは川辺に残り、琴子さんは出てゆこうとしている。自分はもう誰の腹の中にもいない。

乾いた空気に晒《さら》された濡《ぬ》れ縁《えん》を大きな蝸牛《かたつむり》が這《は》っている。なぜ日差の下にそんなものがいるのか分らない。円《まる》い殻の移動を、遠馬は見つめる。夢でも見間違いでもない。この川辺に流れ、時々滞りもする時間というものを見つめていることになるのかもしれないと思ったが、どう見方を変えても、それはやはり右向きに巻いている殻と、柔らかいのに噛めば歯応えがありそうな肉でしかない。触角の輝いている先端がはっきり見えるのは大きいからでもあるが、間近で見ているからでもある。

父や、琴子さんの声が、遠くから聞えてくる。蝸牛は、周りのいっさいのもの、いま這っている濡れ縁にさえ気がついていないように見える。自分が仁子さんのように川辺に残るのか、琴子さんを真似《まね》て出てゆくのか、琴子さんがいなくなったことを父が知ったらどうなるのか、千種とはいつになったら元通りに会い、セックス出来るようになるのかを、そういうこととといっさい関係のない蝸牛の鈍い足取りを見つめながら考える。

次の日から、用もないのに川縁を歩いたり、社まで駆け上ったり、会えないのが分っていて千種の家の周りを歩いたりした。風呂場で性器をしごくことも続いていた。

何日経ったのかもはっきりしなかった。崩れた鰻の頭が見たくて、父に言われてもいないのに魚屋の前で昼間から竿を出した。赤犬が吠えていた。鰻の当りはなかった。脱け殻みたいに大きな手長蝦《てながえび》が、釘からはみ出した蚯蚓《みみず》をしっかり摑んで上がってきた。見てみれば、小魚も釣れそうにないほど水が引いていた。どこで何年前に死んだのか、どんな種類なのかも分らない動物の頭の骨が岸辺の泥の表面に覗いていた。いまにも砕けそうな古い茶色だった。柳の葉は、雨のない毎日なのに艶のある緑だった。いつか社で千種と一緒のところを囃《はや》した子どもたちが魚屋の前を通り過ぎていった。一人も遠馬を見なかった。赤犬の前でいっせいにしゃがみ込み、代る代る触った。犬は抵抗せずに前脚の間に頭を挟む恰好で腹を地面につけ、尻尾《しっぽ》を振ると、素早く仰向《あおむ》けになった。性器を見た子どもたちが明るく笑った。日に当らないよう、紫陽花の葉陰に置いた瓶の土の中で蚯蚓が体をねじくらせていた。まだこんなに残っているのだから、釘に餌をつけ忘れているのかもしれない。手長蝦は釘そのものを懸命に摑んでいたようだ。それはきのうか、おとといのことだろうか。アパートの角で女が笑っている。壁にはまだあの熊蟬が止まっている。

遠馬は歩き出した。喉が渇き、呼吸が苦しかった。汗が目に入った。自分の足音に追いかけられた。渡る時、橋が揺れている気がした。はさみに茶色い毛を生やした蟹《かに》をくわえている鷺《さぎ》が、川底に脚を突き刺して立っていた。

アパートの前まで来て初めて、本当にここを目差してきたのかどうか分らなくなった遠馬は、それでも自分の意思で立ち止まる。女は、暇な病院の待合室で頰杖《ほおづえ》を突いていた看護婦が久しぶりの患者を見て立ち上がった風に、

「はい。」と腰を上げ、遠馬の手を取り、出入口のある表側へ回ると、錆でところ

どころ穴の開いている鉄の階段を上ってゆく。

遠馬が、自分のしていることをますます信じられなくなったのは、女の色の白さが、塗り重ねた化粧によるものだったからだ。裸にし、肉を摑むと、腐った皮がめくれるように掌《てのひら》に白いものがつく。父のお古だと思う。耳のうしろに折り畳まれている無数の皺《しわ》まで白く塗られている。それでいてにおいは、女の体から強く迫ってくる。役に立たない肉の塊だと言い聞かせる。そう納得すれば女から離れられそうだと思ったのだ。だが、肉だと思った途端に欲求が弾《はじ》け、性器が反応する。千種を思い浮べるが効き目はない。女は表情を変えずに自分の方から腰を浮かせ、位置を調節し、迎え入れる恰好を見せる。遠馬はただ恥かしくて、右腕を振り上げると、女の頰へ平手を打ち下ろした。くり返し叩いた。女はその度に顔を元のところへ戻す。澄んだ目が据わっている。まだ迎えてくれようとしていた腰を拒まずに、一気に突き、頰を叩いたのと同様に何度も突き上げる。上半身はほとんど振動せず、腰だけが、体と強く連結された機械のように動く。動いているのでなく動かしているのだと思うと快楽が強まり、そこからまた、意思を超えて勝手に動いている感覚になる。腰に合せて女の体が小刻みに揺れる。唇はしっかりと閉じられている。女の髪を摑んで頭を激しくねじる。髪が指に絡みつく感触が来る。頭はなぜか胴から離れようとしない。閉じた唇の両端から泡が噴き出し、汚物を温めたようなにおいを嗅ぐ。白目を剝いている。女の体は砕けそうなのに、ひしゃげた胸の先についている乳首は自信ありげに黒々と膨らんで遠馬の胸板に当り、ごろごろと八方へ捩《よじ》れ、女の頭皮に爪を立てると腰がいっそう固く漲《みなぎ》り、金槌《かなづち》で体を叩かれるように射精した。初めて、コンドームを使わなかった。一滴残さず注いだ気がした。性器から血を発射したのかと思った。自分の血であり、仁子さんが産まなかった弟か妹の、そして父の血だった。女が父のお古なら、自分自身は、一番新しい父だと感じた。

体を離す時、指に巻きついた髪の毛がブチブチと切れたり抜けたりして、女はやっと、きえっ、きえっ、と妙な声を出した。

目を上げると、畳と壁と簞笥《たんす》と冷蔵庫以外に何もない部屋だとやっと気づいた。小さな流し台の隅で、綺麗に骨だけにされた太刀魚が、生焼けらしい頭を銀色に光らせていた。汗で濡れた体に服を着、女が呼吸しているのを確認し、

「金は親父から貰うたらええ。」

女はいまだに看護婦の落着きで、

「安う言うちょってあげるけえね。お父さんほどめちゃくちゃやなかったけえ。」

女の言葉で体から力が脱け落ちてゆく。部屋を出る時、サンダルをわざわざ埃っぽい玄関にきちんと脱いでいたことに気づいた。階段を降りる足音が大きく、不規則に響いた。

アパートの裏側、川縁の道に出ると、向う岸の魚屋の前、川へ出している二本の竿の間に立った仁子さんが、こっちを見ている。このたった十メートルほどの幅を、仁子さんは家を出ていって以来一度も渡っていないしこれからも渡らないのだということが、土間に脱いでいたサンダルと同じように不思議だった。

不思議でもなさそうなことをそう感じたのは、濡れ縁の蝸牛を見てからいままで、いったい何日経ったのかよく分らないかららしかった。ほんの何時間かのことかもしれない。現に目の前には、まだ蝸牛が這っている。夢の中のことだったろうかと思ったが、アパートから降りてきたところで、川の向うの仁子さんが遠馬の代りに右腕で竿を抱え、上下を引っくり返し、リールのハンドルを左側に持ってき、それを反対に回して糸を巻き取る姿をはっきり見た記憶がある。それに、乾いた空気の中を移動する不思議を、蝸牛はもう背負わずにすんでいた。このところずっと晴れていた空を厚い雲が固く埋め尽し、湿気が家の隅々にまで、ずっと昔から備わっていたもののように息づいていたからだ。

遠馬は起き上がった。父はいないらしかった。アパートの女のところだろうか。琴子さんはまだいなくならずに、台所に立っている。いま潮に洗われてきたばかりに見える、濡れていきいきとした船虫が、天井を歩いてゆく。

祭は二日に分れていて、初日は社の前で市議会議員のあいさつがあったり、地区の子どもの中で剣道や柔道、書道などの大会で成績のよかった生徒を改めて表彰したりし、そのあと踊りになる。それほど古いものではなく、考案されたのは戦後のことらしい。子ども踊りといって小中学生が中心だが、中には踊り好きの大人も混じる。子どもたちの目当ては踊りのあとで配られる菓子やアイスクリーム、プラモデルなどだ。二日目は初めから終りまで、高校生以上の大人だけの、子ども踊りよりも手足の動きが複雑な、大人踊りになる。踊りは一度途切れて、十五分ほど、市が主催する大がかりな大会に比べれば予行演習ほどでしかないが花火が打ち上げられ、そのあと再開される踊りは真夜中近くまで続く。父と仁子さんが知り合ったのもこの踊りの最中だ。二日間とも出る夜店は川の方まで連なり、それ以外の場所でも住民が椅子や縁台を軒先へ出し、酒や、夜店で買ってきたものなどを適当に持ち寄る。中には、自分では何も出さずに家々を回って歩き、飲み食いして引き上げるだけの者もある。川辺一帯が浮き立ち、だらしなくもなる。

遠馬は、いまのままだと千種と一緒に社へ行くことが出来るかどうかも分らないのに、祭が終った時には全部が元に戻っていると決めてしまった。二日間のうちにもう一度会えてセックス出来れば、首を絞めたこともなかったのと同じになり、むしろ会わなくなる前よりも結びつきが強くなる。そう考えるとすぐに、そんな風になるわけがない、と思った。毎日社に参っている仁子さんのような人になら、祭の効果もあるのかもしれない。

琴子さんは、何も変わらなかった。

祭当日へ向け、本番と同じ社の境内に小学生たちが集まって、踊りの練習がある。

祭のはしりのような、一種の行事だが、形式ばったものではなく、指導する方も自分たちの大人踊りの準備や、祭のあとの酒の時間を今年はどこで過すかという予定を立てるのに熱心で、子どもの方でも、普段と違いたくさんの大人が雑然と集まって祭へ向って動いてゆく、という雰囲気に、一丁前に酔っている。

遠馬は祭まであと二日という日の夕方、行くつもりはなかったのに、あの子どもたちが、踊り教えて教えてと家までうるさく呼びにきたので、社への石段を上がっていった。大人たちは、踊りの練習を見てやるのや太鼓を叩くのは中学生たちに任せ、社が載っている土台の石に腰かけて缶ビールを飲んでいる。遠馬の腕を引っ張る子どもたちは息を切らし、日に焼けて光る頰で笑いながら面白そうに、先に来て練習し、上達の具合を自慢しようとする友だちの間をすり抜け、人の少ない方へ連れてゆこうとする。社の向うからも何人かが顔を覗かせ、周囲を見回し、手招きする。このあたりだけ蟬の声が濃い気がする。さらに引っ張られ、うしろから押されもして社の真裏へ出ると、空気を青黒く突き刺している松林がうしろの丘の緑へ溶け込んでゆく場所に、千種が立っている。目を見合せる。子どもたちは暫く息を詰めたあと、目論見《もくろみ》がうまくいったことを声を出さず互いに笑って確認し合い、中の

一人、坊主頭の五年生が、

「馬あ君、彼女、放っとったらいけんわあね。」と言って社の表の方へ走ってゆくのを、他の子どもたちがこちらを時々振り返りながら追いかけてゆき、太鼓も蝉もすぐ近くなのに、全く二人だけで取り残されたようだ。

「お前があいつらに頼んだんか。」

「なんで。あの子ら、勝手に家に来てからいね、おいでおいで言うもんやけ。」

「ほやけえっちゅうて、なんで来るんか。」

「そんなん、ここにあんたが来るって知らんけえ。でもええやろ、そんなん。それとも、あれかね、うちがおるって知っとったら、来んかった?」

「来るわけ、ないやろうが。」

「そんな、言い切らんでも。うちは会いたかったんやけえね。」

千種の声は小さくて、太鼓の音に圧《お》し潰されそうだったが、あたりを埋めている湿気に溶けて肌にまとわりついてもきた。気持悪く感じさえした。

「お前、俺に何されたか覚えちょるやろうが。」

「今度やったら殺す。それでええやろ。」

「ええことあるかっちゃ。俺、絶対、またやるんぞ。」

「ほやけえ、やらんかったらええやろうがねっちゃ。」

「やらんわけない。あの親父の息子なんぞ。」

そう言った声が父に似ている気がして怖くなり、自分で自分の顔を引ったくるように背けた勢いで、あとを見ずに社の表へ歩いてゆくと、様子を覗き見していた子どもたちが取り囲み、

「どうなったん。どうしたあん。けんかのまんま?」

「うるさいっ。お前ら、よけいなことせんでええ。もう俺の傍、来んな。」

踊りの練習の輪を突っ切る。石段の上から見る柳の列が濡れて煙っている。太鼓や大勢の話し声の中を不思議と、別の声が追いかけてくる。いま聞えているのではなく、社の裏で顔を背けて歩き出した時に千種がうしろからかけた声だった。あさってここで待っちょるけえ、と確かに聞えた。立ち止まらない。吸い込む空気が湿っている。石段も、川縁の道も、水が浮いてこそいないが濡れていた。まだ雨にはなっていなかった。ぼんやりと羽根を膨らませた鷺が、川底を啄《ついば》んで回っていた。

家に帰ると、父がいつもは白い顔を酒で火照《ほて》らせ、畳の上に腹這いになって片手

で頬杖、もう片方の手で琴子さんの腹を撫でている。遠馬を見た琴子さんは父に、

「もうお仕舞いですよ。」と言って立ち上がり、父子のどちらへともなく、「あさっては雨にやられそうなねえ。」

父はいままで手許にあった腹を空中で撫でる恰好をして、

「雨ちゅうても祭は祭じゃけえ、中止にはさせんちゃ。」

「予報、大雨ちゅうそにから。」

「大雨どころやあるか。祭はどうやったっちゃ止められんそじゃ。のう遠馬あ。」

寝たままで遠馬の足を摑む。桃色に光って柔らかく笑う父の顔が足許にある。

「なんかねっちゃ。放しっちゃ。」

足を引き抜くと父の体は湿った音で畳に転がり、口と鼻で同時に笑う。肉の塊だった。台所で夕食の支度を始めながら、琴子さんが、

「二人とも子どもじゃけえね。」とこっちを見た。

もう一度父の指が足に触れ、殴りそうになった。

次の日の朝は、前の日までよりも雲が低く降りてきていて、川辺全体が湿った灰色の中へ吸い込まれてしまったようだった。まだ降ってはいない。遠馬は二階で寝転がり、白く黴《かび》ている雨漏りの跡を見る。屋根のすぐ上まで来ている、どう考えても降りそうな雨がもし降らなければ、何もかもうまくゆく、と念じてみる。何がどうなればうまくいったことになるのだかはよく分らない。千種とのこと、アパートの女とのこと、祭のこと、仁子さんのこと、琴子さんが出てゆくらしいこと、父のこと。例えば、父のこと、というのはなんだろうか。きのう、自分は父を確かに殴ろうとした。琴子さんが出てゆくとして、一度も父に殴られたことのない自分は、父と一対一になり、殴り合って、琴子さんみたいに川辺から出てゆくことになるのだろうか。

ズボンの上から性器を握っている。琴子さんに会えなくなるのだと思い、固くなる。もう会えないのに、永久に会い続けてセックス出来そうな気がする。途端に足の先が気持悪くなった。きのうの父の指の感触だ。股間に当てていた手で思わず足の甲を払う。だが、足は本当に濡れていた。天井の雨漏りする部分の色がわずかに濃くなっている。まだ降ってはいない筈だ、と思ううちにも次の滴が落ちてくる。

壁に立てかけてあった洗面器を置く。すると外から雨の音が聞えてきた。

琴子さんが言っていた通りの大雨になった。夜が近づくと川辺は、夕闇とは違う、病気に罹《かか》ったような暗さになり、紫色がかった暮れ切らない薄闇が来た。風はなかった。川から立ち上ってくる臭気が満ちてきた。

一階から、

「ほんなら、馬あ君。」

琴子さんの、店へ出る時のいつもの声だが、空気を埋める湿気でくぐもって聞える。夕食を一人ですませる。濡れ縁にいたいつかの蝸牛《かたつむり》が障子の桟を上ってゆく。


雨漏りの音を、眠らずに夜通し聞いていた気がした。夜中に水を捨てなくてもいいように、寝る前に洗面器と替えたバケツが、朝になってみるといっぱいになっていた。一つの大きな滴に思えた。

父はまだ帰ってきていない。いつもならもう店から帰ってきている筈の琴子さんもいない。蝸牛はそれほど移動していなかった。風はやはりなく、雨が真っすぐに家を打っている。水の浮いた庭で、蛙《かえる》が鳴いている。洗面所で顔を洗う時、きのうまではまだ生温かかった水道の水が、冷たかった。ジャーの中の黄色い飯を食べる。硬くて粘る。食べ終ってから茶碗《ちゃわん》を洗っている時、こうして朝食のあとかたづけをするのはまだ琴子さんが一緒に住んでいなかった頃以来だと気づく。

誰も戻ってこず、どこからも電話がなかった。父が戻ってくるなら当り前だが、琴子さんが戻ってくるのも、当り前と言えるだろうか。当り前に戻ってきた父と当り前でなく戻ってきた琴子さんと、自分とは、いままで通りに暮してゆけそうにない。だが川辺を出るとしても千種と一緒は、もう無理だ。アパートの女で知ってしまった以上、殴って、首を絞める。千種とセックスして殴らない自信が、おかしいほど、ない。

下駄の音を響かせて父が戻ってきたのは、もう昼に近い頃だった。酒がにおった。白く柔らかく笑いながら上がってきて、

「雨じゃあや、遠馬。いけんのお。ほじゃけど祭は祭じゃけえのお。のお遠馬、お前もこないだ、アパートで、雨宿りやったんじゃろうが、ああ？　わしは、言うちょくけえの、ちょっとも怒っちょりゃせんけえの。全然、怒っちょらん。ええぞえ

えぞ、どんどんやったらええ。どうじゃった、ああ？　お前も、ばっしばっしやりながらじゃろうが。よかったんじゃろうが、ああ？　一回やってしもうたら、やめよう思うても無理ぞ。わしは、やめようとは思わんかった。こねえにええもんか、思うただけじゃった。あいつみたいな化けもんでも、わしとお前でどんどこどんどこやっちゃったら、親子二人分の子ども、産むかもしれんぞ。」

そこで漸く畳に腰を下ろした父を、遠馬は上から見て、

「そんなん、そんなこと、言うてええんか。そんなんで、ええんか。」

「ありゃりゃあ、難しいこと言うてから。ええかいけんか、お前が一番よう知っちょろうが。お前のお、自分じゃ気ィつかんかったじゃろうけど、あいつ言いよったぞ、髪、引っ掴んで、頭ぐりぐりやりよる時のお前、目ェ剝いて鼻おっ広げて、子どもみたいに嬉しそうじゃったってのお。」

父の顔はいつも通り柔らかく、穏やかだ。濡れ縁と玄関の間の、いままで漏れたことのないところから水滴が落ちるのを見る。何年も前から雨漏りしていた場所なのかもしれない。

「まだなんも知らんやろ。琴子さん、もう戻ってこんぞ。」

言ってから自分で驚く遠馬を、父は暫く見つめ、台所、障子が開けられている寝室の順にぼんやり眺めると、

「お前は、知っちょったんじゃのう、ええ?」

「父さんが知らんかっただけやろ。」

「知っちょったんじゃのう。」

「殴ったけえやろ。」

「なんて?」と立ち上がる。

「仁子さん殴って、琴子さんに、アパートの人に、いままで何人殴ってきたんか。」

父は聞いていなかったように、

「わしの子、持ち逃げしやがってから。」と下駄を履き、水になった道へ駆け出してゆく。

遠馬は何が起ったのかだいたい呑み込めたものの、これからどうすればいいのか考えがつかない。琴子さんが逃げたことを話したのは、何も知らない父に本当のことを、自分の口で言いたかったからだが、腹の子どもと自分の意思とだけで川辺から簡単に抜け出した琴子さんが羨ましかったからでもあると、あとで分った。

琴子さんはどこまで行っているだろう。この雨だから、どんな方法で逃げるにしろ、短い時間でそんなに遠くへは行けそうにない。どこかで父に追いつかれるかもしれない。父と琴子さんが二人とも戻ってくるのは、やはり、当り前のことではなさそうだ。二人とも戻ってこなかったら、どうなるだろうか。

さっき始まったばかりの新しい雨漏りの染みが木目とつながり、長く張り出す形で天井の色を変えている。

半日ほども天井を見つめていたかと思う時間が過ぎたあと、雨とは違う、泡が噴き出すのに似た水音がしたので庭を見る。地面と雨が混じり合った泥が浅く渦を巻き、その中から、胴周りが大人の腕ほどある大きな鰻が一匹、胸鰭《むなびれ》を植物の双葉のように広げ、頭をゆっくりと左右に振って出てくる。顔に傷がある。裂け目の縁の滑らかな肉が輝いていて、そこから金色の粘液が流れ出てくる。最初、長い体を上へ向って伸ばした鰻は、やがて斜めに倒れてき、体を捩り、全身を泥の渦から引き抜いた。大きくて、傷もあるのに、新しい感じがした。少しの間一か所で泥を掻き回していたが、やがてゆっくりと泳ぎ始めた。

玄関の方に気配がして、傘も差さずに走ってきた子どもたちが、号令でもかかっ

ているみたいに連なって、飛び込んでくる。皆、顔が真っ赤で、頭から湯気まで上げている。誰からともなく泣き声で、

「馬あ君、お社、お社。」

「馬あ君のお父さんがあ。」

「千種ちゃんがあ。」

「ごめえん。止められんかったんよお。」

几帳面《きちょうめん》に整列している子どもたちの傍をすり抜けて走り出した時にはもう、あさってここで待っちょるけえ、という千種の声を思い出していたが、子どもたちの言ったこととどうつながるのか分らない。

川のようになった道を、一歩一歩を重たく引き抜きながら走る。夕暮の、鈍い黄土色の雲が空を埋めている。あたりの雨樋や溝、マンホールから水が溢れるごぼごぼという音が聞え、流れ出してきた下水がにおい、泥や石、植木鉢が流れてき、鼠や虫や蛙がもがきながら消えてゆく。

水を割ってアスファルトを踏む下駄の音が聞え、少ない髪が赤ん坊のように額に張りついている父が歩いてくるのが見えた。

も。」

「遠馬あ、遠馬あ。」と声まで幼くなって、「琴子がおらんそじゃあ、どこ探して

「千種は？　千種はどうしたんか。社でなんしよったんか。」

「ほじゃけえちゃ、琴子探してあっちィこっちィ行ってみよったら、社の鳥居のところに子どもらあが溜っちょってから、馬あ君まだか、千種ちゃん待っちょるのに、言うもんじゃけえ上まで行ってみたら、あの子がおったけえちゃ、ほんとは琴子がよかったんじゃけどよ遠馬、ほじゃけど、お前も分ろうが、ああ？　我慢出来ん時は、誰でもよかろうが。割れ目じゃったらなんでもよかろうが。お前、あの子、まだ殴っちょらんそか。」

晩飯はまだなんかと訊く口調で言ってまた歩き出し、父に何も言えないまま、遠馬も反対方向へ走り出す。

鳥居の手前にいくつか置いてある夜店の屋台には青いシートがかけてあり、ひとけは全くない。石段の表面は流れ落ちる水の膜に覆われて滑った。踏み出す足はそれでも確かに、次の一段一段を捉えた。

境内はほとんど浅い池だった。社の扉が開けられ、中に白い人影がうずくまって

いる。遠馬は恐ろしかったが、ゆっくりと近づいた。千種は口の端が裂け、鼻からも血が垂れ、頬には爪の跡がついている。髪は逆立ったまま元に戻りそうにない。手足を胴の中へめり込ませて小さく固まってはいるが、目だけは真っすぐ正面に向けている。何かを見ているというより、眼球を動かす力が残っておらず、視線が永久に固定されてしまっているかのようだ。社の中に入ると屋根を打つ雨の音に包み込まれた。

「お前、雨、降りよるのに、なんで来たんか。こんなんで、祭、あるわけないやろうが。」

目は動かさないままで、

「うち、待っちょるって言うたやろ。子どもたち、止めてくれようとしたんやけど、こん中入れられて、内側の鍵、かけられて、駄目やった。すぐ、終ったけど。」

千種が自分に向って話しかけるのが不思議だった。

「俺がやったんじゃ。俺が来とったら、なんもなかった。」

「あんたのせいやないけえ。」

「俺のせいやない。俺自身がやったんじゃ。ほやけえ、俺が、殺す。」

「ちょっと待ちっちゃ。」

「止めるな。」

「止めんけど、助けて。腰、抜けたっちゅうんかね。一人じゃ立てん。」

胴にめり込ませていた右手を伸ばす。遠馬が迷っていると、千種の方で握ってきた。氷ほど冷たかったので遠馬は強く握り返し、立ち上がらせた。千種は生れて初めて膝を伸ばすみたいに、関節の動きを恐る恐る確かめ、しっかりと立った。手は握り合ったままだった。

「もう立てんのやないかって思うとったけど、案外、立てるもんやね。ありがと。止めんけえね。」

千種を社から連れ出し、二人で雨に濡れる。見下ろすと、川辺にともる灯《あか》りが、大げさに滲《にじ》んでいる。遠馬は自分の体の震えが、握り合った手を通じて千種に伝わってゆくのを感じた。千種は震えていなかった。

川縁の道と川との境がほとんど分らないくらいまで、水位は上がっていた。流れは特に速くもならず、ただ水の量だけが増え、雨水が流れ込んでゆくのと入れ替りにところどころでは川の水が、ゆっくりと這い上がってきて路面を覆ってはまた戻ってゆく。その雨と川との違いがなくなりかけている水の表面を、祭の夜店で出す筈だった魚が逃げ出したのだろう、金魚の一団が流されている。遠馬は水に浸《つ》かった足首のあたりに、種類の知れない生きものがまとわりついては離れてゆくのを何度か感じた。陸上のものか水に棲《す》んでいるものかさえ分らなかった。手は、まだ千種とつながっていた。赤犬の声も水の中から聞えてくるように力がなかったが、鳴き続けていた。警察の車が出て、浸水に備えるように言っている。遠くで下駄の音がした。千種が腕にしがみついてき、雨の中で目を光らせた。

魚屋では仁子さんが、店の中に溜った水を外へ掻き出しているところだった。二人を見るなり手に持っていたバケツを放った。沈まずに、ゆっくりと漂った。魚が一匹も入っていない硝子ケースの上に、虎猫が居座っている。

仁子さんは、血と腫れの引かない千種の顔を正面から見、遠馬を見て、

「さっきあの男、来たんよ。琴子さんおらんことなった言いよった。また、あの目になっちょった。あんたは、なんしよったんかね。」

「俺が、社に行っちょきゃよかった。」

「社でかね。社で、社であいつがこうしたんか。」とまた千種を見、「うちが最初に、

なんとかしとくべきじゃったわ。」

「ほやけえ、俺が……」とまで言った遠馬を、義手をつけていない光沢のある右腕の先で止めて、

「あんたは、無理っちゃ。殴られたこと、ないんじゃろうがね。」

目を遠馬から外し、耳を澄ませる顔つきになった。聞えてくるのは雨の音ばかりの筈だが、仁子さんには、建物や地面を打たずに空気そのものを激しく叩いて破裂させている雨粒の向う側に、別の音がはっきり聞えたらしかった。それを邪魔する赤犬の声に、何度か顔をしかめた。

やがて右腕の先に布巾を巻きつけ、柱にかけてあった義手を取って腕を差し込み、ベルトを締めて固定した頃には、仁子さんが聞き取っていたらしい下駄の音が、遠馬の耳にも出入りするようになった。肩を縮こまらせる千種を引き寄せた。義手の右手に対して左手に小さな庖丁を持った影が、

「あんたはここにおり。守っちゃり。」と言うと、店を満たす水を分けて外へ出てゆく。あとを追おうとしたが千種は手を放さずに、

「止めんって、言うたやろ。殺してくれるんなら誰でもええんやけえ。」

あたりには、店のあらゆる場所から水の力でほじくり出されてきた虫や蜘蛛が浮び、その下を、細長い楔形《くさびがた》をした鯔《ぼら》の青黒い背中が通り過ぎた。赤犬の声が水に滑ってよろめいた。虎猫はいつの間にか眠っている。水は一つの方向へ流れはせず、滞り、かすかな波動を描いていた。それらを順々に確かめているうちに、恐ろしく確実に、時間が過ぎた気がした。もう何も、元に戻りそうになかった。遠馬は握った手に力を籠め、

「覚えちょけ。俺はこんだけ卑怯《ひきよう》なんじゃ。俺は自分でやる代りに、父親と母親、見殺しにするんぞ。」

「それでええやんか。」

「ええわけないやろうがっちゃ。」

だが千種の手は、遠馬の方からは絶対に放さないと分っているのか、安心したように握り方を柔らかくした。

雨の川辺は暗くなった。時間はやはり滞らず、昼の光と一緒に雨粒と雨粒の間を滑り落ちてゆく。

遠馬は、川の向う、アパートの角の女に気づいた。雨の中の白い炎に見えた。流

れていると感じられていた時間が留まって、アパートの部屋で女を平手打ちしたこと、口の端に噴き出した泡、汚物を温めたにおいが一気に蘇《よみがえ》った。性器に熱が集まり、握っていた手に力が入って、

「あ痛っ。」

千種の叫びを聞いてその手を、叩きつける勢いで振りほどくと、雨の中へ走り出、どこにいるか知れない父と、父を追った仁子さんを探した。どちらに追いついて何をしようが、追わずに千種を殴るよりましだった。溢れている水を引きずる自分の足の動きがもどかしかった。邪魔なのは水ではなく足だと感じられるほどだった。時間を遡って父と仁子さんを探している気がした。誰も誰かを殴ったりせず、三人できちんと暮した年月がどこかにあったかのようだった。砂や石、根が土を離れて水に浮く植物の一株、ごみの詰ったビニール袋、バケツ、履物などが足にぶつかり、まとわっては離れてゆく。どこを走っているのか自信がなくて横を見ると、川と道の境をはっきりと見極めることが出来ない。次の一歩が地面を踏み外してどこまでも沈み込んでゆくかもしれないと思いながら進む。走るつもりが足が反って重たくなってゆく。気づくとすぐ右横、一メートルも離れていないところが柳の並木にな

っていて、枝先が水に浮いている。すぐ向う側には足許の茶色とは違う、灰色がかった緑色の水が流れている。驚いたのはその川幅分の水だけがこちら側よりいくらか盛り上がって見えることだった。川が膨らめるだけ膨らみ、両岸の間で張りつめ、こちらの茶色の流れは押しのけられ、入り込めず、その緑色の川の先、橋のあたりでかすかに下駄の音がして、雨の奥をじっと見つめた。動く影が二つになったり一つに組み合さったりしている、と分るよりもっとはっきりと、太くて最後の方がひび割れた、父の叫びが聞えた。だがそのあとでもっとはっきり届いてきたのは、仁子さんが鰻を捌く前に義手のゴムを外す時の、ぽこん、というあの音だった。影と影が抱き合った。橋の形は雨で消え、川の上に直接影が浮んでいた。もう誰の声もしなかった。影が、影から離れ、それまで垂直に立っていた巨大な植物の茎が雨の重みで折れ曲るようにゆっくりと傾いてゆき、一度何かに引っかかって動きが止まったのは欄干に当ったかららしかったが、すぐに、膨れ上がった流れの中へ滑り落ちていった。流れの表面は一度かすかに割れ、波立っただけで、影を呑み込んでしまうとまたもとの、緑色の膨らみを描いた。

川の真ん中に残っていた影が歩いてきて、遠馬の前で仁子さんになり、何か言った。遠馬は耳に手を当てて顔を斜めにした。

「終ったけえ、帰ろういね。」

雨を浴び、薄闇の中で艶々している義手のない右腕はいつもより細い感じがし、腕に続く仁子さん自身も、硬直し、痩せて見えた。首筋と前かけについている赤い染みが、もうほとんど洗い落されていた。雨の音が急にはっきりと耳についた。赤犬は鳴きやんでいた。

魚屋に戻ってくると、二人の水の足音を聞いて、奥の座敷に隠れていた千種が出てきた。仁子さんは入れ違いに膝をついて座敷へ上がり、煙草とライターを持ってき、横倒しになって半ば水に沈んでいた椅子を拾い上げて腰かけ、一本くわえ、雨漏りをよけて火を点《つ》け、猛烈な速さで吸い終り、吸い殻を投げ捨てると、

「千種ちゃん、この子、よろしゅうね。もう大丈夫じゃけえね、あんたもこの子も、琴子さんも、琴子さんの腹の子も。」


翌朝早く、遠馬と千種が魚屋の座敷で体を寄せ合って眠っているところへ警察が

来た。仁子さんはいなかった。二人は別々の車に乗せられた。倉庫の前で赤犬が、鎖につながれたまま死んでいた。日差があり、道に溜った泥が強い光を放っていた。川辺の住人たちは大水のあと始末をしながら車を見送っていた。

遠馬が警察署で聞かされた話では、祭が中止になったというのに雨の中を出ていったまま帰ってこない千種を心配した両親が捜索願を出したため、警察で探していたところ、川で男の死体を見つけたのであるらしかった。それだけでどうして魚屋へ来たのかというと、男、つまり父の死体の腹には、川辺の者なら誰でも知っている魚屋の女主人の義手が、深々と突き刺さっていたからだった。増水した川を塞いだごみと一緒に海へ向っていた死体から生えたその奇妙な金属の塔が、川が国道の下へ吸い込まれてゆく暗渠《あんきょ》の入口の天井部分に引っかかっていたために、どうにか海まで流れずに発見された。首や胸にも刃物の傷があった。

千種は一度警察署へ来たあとで病院へ移された。仁子さんは二人が連れてこられてからそんなに時間を置かず、社の境内で見つかった。石段の一番上のところに腰かけて煙草を吸っていた。篠垣仁子かと訊かれて、はいと答えたあと、社で出会って始まったんです、と言ったそうだ。遠馬は二日間警察署に泊らされたあと、帰された。

川辺には風が吹き、溜った土が巻き上げられ、空気を黄色くかすませていた。この間まで川底にあったものは綺麗に押し流され、代りにどこからか流されてきた、やはり折れたり曲ったり錆びたりしている自転車や傘やバケツが水面に顔を出し、蟹や船虫の棲家《すみか》になり始めていた。岸辺の新しい土に鷺《さぎ》が降りていた。

家は雨漏りのあとがひどく、土間に泥も入っていた。ここに一人で住むのかと考えても実感が湧かなかった。庭にも泥やごみが流れ込んでいた。あの大きな鰻が出てきた渦の跡は見つからなかった。

魚屋も泥だらけだった。まるでずっとそこにいたみたいに硝子ケースの上で丸まっていた虎猫が飛び降り、奥へ歩いていった。魚屋の方が体の中を通り抜けたようだったあの時の感じではなく、家の中を猫が歩いているだけだった。この間まで義手がかけられていた柱を暫く見つめていた。

アパートの角にはやはり女がいた。前と一つ違っているのは、まだ灰色とも言えないくらいだった筈の黒い髪が、ほとんど真っ白に近くなっていることだった。赤犬の死体は片づけられていて、中身の抜けた首輪の周りに蠅《はえ》が飛んでいた。

川を見下ろして、底の泥がこれだけ動いたら当分何も釣れないかもしれないと思った。ここでまた鰻が釣れるとして、もう捌く人がいないということが、家に一人で住むのと同じくらい信じられなかった。

子どもたちが走ってきて、少し遠くの方で立ち止まった。じっとこちらを見つめている小さな体たちがかわいそうになり、

「知っちょるやろ。おう、母さんが、父さん、殺してしもうた。ほやけど、大丈夫やけえ。」

中の一人、坊主頭が進み出て、

「うちの母さんが、魚屋の仁子さんはすごい、言うちょった。馬あ君と千種ちゃんが連れてかれたあとで仁子さんがお社から警察の人と一緒に降りてくるとこ、母さん、見ちょったんじゃ。そん時仁子さん、石段の下まで来て、鳥居を潜らんで、よけたんて。ほやけえ仁子さんはすごい女なんじゃって。やまっちょったもんが、また始まったんじゃって。鳥居よけたら、なんですごいん？」

遠馬は笑いそうにも泣きそうにもなりながら、

「お前、五年生にもなってまだ、鳥居のことも知らんそかあ。」

病院に置かれていた父は親族が引き取り、簡単な葬式が行われた。薄い化粧がされた顔の上の方に、赤ん坊のような髪があった。

千種は両親が勧める転校を拒んだ。頬の爪跡はなかなか消えなかった。

「見とるだけやなくて、触ってええよ。」

あのあと、まだ手を握りさえしていなかった。頬に手を置いた。千種が緊張したのが分った。

「もうやらんけえ。」

「そりゃ、そうやろうねえ。」

頰は固いままだった。

仁子さんへの面会はなかなか認められず、許可が出たのは起訴されてからだった。九月になっていた。

硝子の向うの仁子さんは、特に痩せてもいなかった。大雨の日に、終ったけえ、帰ろういね、と言った時の方が細く見えた。

「これが、」と左手で右腕の見えない義手を描いてみせて、「のうなったけえすっきりしたもんじゃわ。もう魚、おろせんけえ、店も仕舞いじゃわ。」

俺が継いじゃる、と言いたかった。養護施設から高校へ通うことになった、という話をしたところで、決められた時間が来た。

「差し入れ、出来るみたいやけど、ほしいもん、ない？」

「なあんもない。」

生理用品は拘置所が出してくれるのだろう、と遠馬は思った。

第三紀層の魚

　長い方の竿《さお》の仕かけには二十号の錘《おもり》を使っているのに、潮の流れに持ってゆかれる。道糸は左へ向いて竿と直角に張っている。潮の動きは目で見て分るほど激しい。関門《かんもん》海峡の流れは赤間関《あかまがせき》側から見て、満ちる時は右へ、引く時は左へ向う。信道《のぶみち》たちがいま竿を出している一角だけは、ドックとその沖の古い波戸《はと》で囲われた小さな湾のような地形であるために流れはまだ緩やかで、竿は岸壁の車止めに引っかける形にしておけばよかった。流れがもっと強い場所では、海面を漂う藻やごみが道糸に引っかかると、竿がそのまま持ってゆかれそうになることもある。信道は釣りをする度に、なんでここの海はこんなに不便なのだろう、潮の流れが左右ではなくて前後ならもっと楽な筈《はず》なのにと、海峡を相手にする以上絶対に無理な条件を思い描く。

時計を見ると十一時を回っている。スイートコーンを餌にした短い竿で近いところをフカセ気味に探りながら、

「昼飯、どうする？」と信道が訊《き》くと、勝《まさる》は持っていた竿のリールを巻き、仕かけを移動させ、少し間を置いて、

「もう、帰るわ。やっぱ塾の宿題、気になるけえ。」

四年二組では塾に通う生徒の数が全体の半分近くになり、これからも確実に増えそうだった。あんたはいいの？　と母の祥子《さちこ》に問われることもある信道は、行きたくないので行っていない。

「そうかあ。帰るんかあ。」

「ガヤマは、まだやるん？」

信道は苗字《みょうじ》が久賀山《くがやま》なので、ガヤマだった。最初にそう呼んだのは勝だったという記憶がある。

「いいや、やめるわ。」

「ごめん。俺もほんとはまだやりたいんやけど。」

「お前が帰るけえ俺も帰るっちゅうわけやないっちゃ。もう潮が引きよるけえ、これ以上粘ってもどうせ駄目やろ。」

五時半から始めて信道がメゴチ四匹に掌《てのひら》をどうにか出るタイが一匹、同じサイズのメイタが一匹、勝はメゴチ三匹にキスとハゼが一匹ずつだった。ムシ餌《え》はもう少しある。引き潮の時に釣れることだってある。でも一人で残るのはなんとなく張合いがなかった。

今日の釣りは信道が言い出した。勝は宿題を気にしながらも、お前が誘ってくれたけえ行く口実が出来た、と嬉《うれ》しそうに応じたのだが、釣り始めた時からやはりどこか落ち着かない表情だった。好きなことをしている自分自身に苛々《いらいら》しているのだと信道は思った。そんな勝は初めてだった。

一人で残りたくないもう一つの理由は、ドックとこちらの岸壁を隔てる金網の傍《そば》の石畳のあたりにいる、四十歳から五十歳くらいまでの、ボラ釣りの男たちだった。そのあたりは岩と砂が混じった海底が、沖から岸へ近づくにつれて緩い上り坂になっているから、このへんでは一番いい場所だ。市場の排水孔もある。そこをいつも占領している体の大きな男たちから、もっと離れて釣れ、子どもにボラは釣れんじゃろ、ボラに釣られて引きずり込まれるやろうけなあ、などと言われた時に一人だと、どうしていいか分らなくなりそうだ。市役所に勤めていた父の紀和《のりかず》を四歳の時に急な病気で亡くしている信道にとって大人の男は、怖いとか嫌いとかいうよりも、自分と同じ男なのになんだかよく分らない、もし怒鳴られたとしてもどう反応すればいいのか迷ってしまうような存在だった。

仕かけを巻き上げて竿を仕舞いにかかる勝に合せて信道も、最後に何か食いついてくれと小さく願いながら短い竿の仕かけを上げ、次に車止めの竿を手に取り、リールを巻く。以前は他にも釣りをする同級生はいたが、この半年ほどで急に減り、唯一の仲間と言っていい勝にしても、塾で出来た他の小学校の友だちと遊んだり勉強したりする時間が増えていた。

帰り支度がすんで忘れ物がないかどうかあたりを見回した時、ボラ釣りの、おそらく日焼と酒の両方のために顔が赤い、正面から押し潰された形の大きな鼻を持つ男と目が合った。男が肩を一つ揺すって笑った。

釣り道具をくくりつけた自転車を押して、ドック横の石畳から西へ伸びている観光市場の裏手の、日曜日なのでたくさんの人、特に親子連れで混雑しているウッドデッキの端の方を歩いた。市場の中は九月の強い日差を避ける人たちでさらに混んでいる。寿司《すし》や名物のフグなどが安く買えるが、祖母の敏子《としこ》が言うには、本当の魚の味も知らない観光客には丁度いいのだそうだ。信道たちが生れた頃に、ところどころ木造の古いものからいまの大きな規模へと建て替えられた。休日は市内や九州から人が集まる。ウッドデッキは釣りが禁止されている。ボラ釣りの男たちがいる石畳のあたりは昔の市場の名残りだが、いまは動いていないドックが来年取り壊されるのと合せて地ならしされ、観光客用の駐車場が出来る予定になっている。赤間関にはしかし、現在ではなくいつも過去という時間が流れているかのようだ。壇ノ浦《だんのうら》の合戦とか巌流島《がんりゆうじま》の決闘とか幕末に外国と戦争したとか、大人たちは自分の体験みたいに自慢をする。数年前に地元から首相が誕生した時は街に現代がやってきたが、一年ほどで辞めてしまい、やっぱり過去の人になった。観光市場に関しても祖母のように、昔の魚はもっとおいしかったと文句を言う人がかなりいる。信道には現在も過去もなく、ただ釣りが出来る、流れが速くてやっかいな海だけがあった。

ウッドデッキが途切れ、貨物船が停《とま》るずっと先の港の方まで続く倉庫の列の手前で勝と別れる時、

「なんか、悪かった。塾、忙しいんやろ。」

サドルに跨《また》がり片足をペダルにかけた勝は素早く首を振ると、

「大丈夫やけえ。じゃあ、バイバイ。」

「バイバイ。」

信道はほんの数秒勝のうしろ姿を見送ってからこぎ始める。向うのは母と二人で住む市営住宅ではなく祖母の家だ。

商店街の中の信号のない短い横断歩道を渡る。市場の混雑が全くの嘘《うそ》みたいに、人が歩いていない。アーケードを抜けると丘の緑が見えてくる。もう勝とは釣りに行けないのかもしれない。

曾祖父には今日も、チヌを見せることが出来ない。


警察官だった父方の祖父の進市郎《しんいちろう》は、退職後、のんびりした日々を過していた筈なのに、首を吊《つ》って死んでしまった。紀和が倒れて亡くなる二年ほど前だ。動機については、警察官時代の仕事に関しての、何か人に言えないことの責任を取ったのだとか様々に言われたそうだが、はっきりしたことは分らなかった。遺書にどんなことが書いてあったかを、信道は聞いていなかった。知りたいとも思わなかった。夫と息子を続けて亡くした祖母は、進市郎の父で今年九十六歳になる矢一郎《やいちろう》のめんどうをいまもみている。だからこの丘の下の、裏を緑に囲まれた古い平屋は本当は曾祖父の家ということになるのだが、矢一郎はほとんど寝た切りで、認知症ではないものの一人では何も出来ず、家の中のことは祖母が取り仕切っているというのが信道が物心ついた頃からの状態で、母も、祖母《ばあ》ちゃんの家、という言い方をするのでそれに従っている。

今日は母が、うどん店での仕事が終ってからも別の用事があり、遅くなる。夕飯は祖母の家ですませ、母が迎えにくるのを待つことになっている。だが夕飯どころか昼もまだだ。曾祖父の話を聞いて夜までの時間をやり過すことになるのだろうか。

話というのはだいたい三つに限られている。一つ目は戦争のこと。合計三回召集されたのだそうだ。日中戦争で二回、太平洋戦争で一回。どうして同じ戦争に二回行ったのかは分らない。最後の階級は軍曹だった。ふくらはぎの、銃弾が貫通した跡を見せられても、信道には関係ないし、理解しづらい昔話だった。お母さんたちが江戸時代の話を聞くみたいなもんね、と母に言われても実感は湧かなかった。

二つ目は戦争が終ってからいろんなところで働いた話。まず炭坑。石炭が埋まっているのは第三紀層の底の方だ。キャップランプをつけて七、八百メートルも降りないと行き当らない。坑内の温度は四十度にもなる。昇降機なんていう立派なものではなくて、石炭を上げるための箱に乗って降りなければならないこともある。揺れないようにうまくバランスを取らないと横の壁にぶつかってしまう。だけど貧乏だから、壁にこすらせて指の一本でも落ちれば保険がいくら出るかなっていう風に考えることもある。結局、そんな勇気は最後まで湧かなかった。宇部《うべ》の炭坑にもいたが石炭ならやはり九州だ。筑豊《ちくほう》で採れた石炭が列車で運ばれてくる北九州の若松《わかまつ》でも働いた。にぎやかだった。あれが街だとすれば、街というのは国ほど大きなもんじゃないかと思った。そのあと山口に戻ってきて徳山の化学工場に勤めた。石炭は九州でも山口でも下火になっていったが、徳山は昔海軍の燃料廠《ねんりょうしょう》があった港街だから、工業都市としてずいぶん立派に発展した。

これも信道には関係ない話だった。キャップランプというのがヘルメットに小型の照明がついたものだということは分ったが、第三紀層についてはろくな説明もなく、第三紀層いうたら第三紀層よ、とくり返されるだけだったので腹が立ち、学校の図書室で調べるという自分でも信じられない行動に走った結果、だいたい六千五百万年前から百八十万年前、火山があちこちで噴火して日本列島が出来上がった時代の地層らしいことが分ったので、曾祖父たちが炭坑に潜っていって日本の海岸線を掘り出したような恰好《かっこう》よさを少しだけ感じたが、やっぱり自分には関係がなかった。

三つ目の釣りの話だけが信道とつながっていた。曾祖父は戦争から帰ってきたあとの年月、働いている時以外はずっと釣りをしてきたかのようだった。そのほとんどがチヌ釣りだったのは、チヌがどこにでもいる魚だったからだ。下水道が整備されていなくて、おまけに家庭で出るちょっとしたごみなら海や川に捨てても誰も咎《とが》めなかった時代、それでも水はいまよりずっと綺麗《きれい》だった。戦争が終って人の数と一緒に家庭からの下水やごみが増え、工場から流れ出す汚水で海が濁り他の魚の数は減ったが、チヌたちは平気で泳ぎ回っていた。曾祖父は、あいつら砂と石ころ以外やったらなんでも食べる、とよく言った。なのに警戒心が強く、釣るのは難しかった。尾鰭《おびれ》の先端を爪でしごいて漸《ようや》く二十センチに達したように見えるサイズが、これまで信道が釣り上げた最大のものだった。

「ありゃ、信君《のぶ》、えらい早かったんじゃね。」と玄関で迎えてくれた祖母に情ない釣果《ちょうか》を告白するため、蓋を開けたクーラーボックスを無言で差し出す。

「あらまあ、今日は数も大きさも可愛らしいんじゃねえ。」

祖母は一度台所へ行き、持ってきたボウルに移した魚を手にして奥へ行く。信道は、まるでこれから叱られるような気分になる。こんな小さな魚なら全部勝にあげてしまうか、海に戻すかすればよかった。

矢一郎はいつものように、一番奥の部屋のベッドに寝ていた。信道は曾祖父が自分の足で歩いているのをほとんど見たことがない。杖《つえ》をついて庭に立っている姿の記憶がかすかにあるだけだ。最近はデイ・ケアで車椅子へ乗る時に、抱え上げられながらどうにか畳に足をつけるくらいのものだった。軍隊と戦後の仕事で鍛えられた体は丈夫だったらしいが、年を取ってから腰の骨を折ってしまい、それからは外出もしなくなり、ここ三年はほとんど起き上がれず、特に今年の夏からは食欲が急激に落ちているらしい。老人ホームなんかどっこも順番待ちやし、空きがあるところは月何十万もする、病気やないから入院も出来ん、と祖母は言う。夏の終り、曾祖父の背中に痣《あざ》が現れた。床ずれが出来ると人間、長くない、と母が言った。

奥の部屋はエアコンが真夏の冷房と違って除湿運転にしてあった。においが少し籠っていた。祖母がベッドの手摺《てすり》にかけてあるコントローラーのスイッチを押す。低い音を立ててベッドの上半身側が動き始める。それ以上行けば枕が頭の下からずり落ちるというところまで起してスイッチから指を放すと、薄い布団がかかった胸の前にボウルを差し出し、信道と話す時より大きな声で、

「見てん、じいさん。これ、今日の信君の戦利品よ。」

祖母は曾祖父をじいさんと呼ぶ。親族の中にも、本家のじいさんなどと呼ぶ人がいた。曾祖父は禿《は》げ上がった頭を斜め下に向け、眉をひくっとさせ、目を剝《む》いて魚の方を覗《のぞ》き込む。枕の位置が少し下にずれる。

「体、苦しいことないかね。ベッド、戻そうか。」

「いや、ええ。」と言ったまま動かない。左の瞼《まぶた》がたるんでいる代りに右目が大きく見開かれ、唇が突き出されている。

「竿出したばっかりの時に続けて釣れたけど、そのあと当りも来んようになった。」

魚から目を離さずに、

「チンがおるやないか。こりゃあええわ。タイもおるわ。」

曾祖父はチヌをチンと発音する。また掌ほどのメイタと呼ばれるサイズであっても区別せずチンと言う。釣りの本にはクロダイのいろいろな呼び名として、西日本で広く使われているチヌの他にチンという名も載っていたので、曾祖父が勝手に、ちょっと恥かしい名前で呼んでいるのでないことは確かだ。

「なん言いよん曾祖父《ひいじい》ちゃん。こんなんメイタよ。」

「メイタァ？　んん、ほやけど、チンには違いなかろうが。」

「こんなんチヌやない。」

「チンはチンじゃけ。がっかりせんでもええ。」

信道は明らかに上から見下ろされているのが情なかった。大きなメバルを釣ったと思って喜んで見せに来た時も、こりゃあメバルちゅうてもタケノコじゃが、と簡単に言われてしまった。たいていは外道《げどう》に分類されるタケノコメバルという魚の名を初めて聞いた。

曾祖父は魚を観察し終えて、ほお、と息を吐き目をつぶった。祖母は禿げ頭と首筋に手を当てて、

「熱は出とらんみたいじゃけど、大丈夫かいね。信君、ちょっと見とってね。祖母ちゃんこの魚、造ってしまうけえ。」とボウルを軽く揺すって部屋を出ようとするので、

「コチはから揚げがええ。」

「お昼に食べるんかね。」

信道は少し考えて、

「晩ご飯の時でええよ。昼ご飯は家に帰って食べるけえ。」

祖母が台所へ行きながらまた、夜になったら熱出すんやなかろうか、と呟《つぶや》くのが聞える。よく喋《しゃべ》ったり興奮したりした日は夜中に熱が出るらしいのだ。魚を眺めて話をしただけでも、興奮したことになるのだろうか。目はつぶったままだが顔を見つめる視線に気づいたのか、

「餌は、何使《つこ》うたんか。ムシか。」

「うん。」

ムシというのは、このへんではケビとも呼ぶ、イソメのことだ。チヌの好物だと本に書いてあったのでコンビニで買っていったスイートコーンのことは、曾祖父の

頭を混乱させるといけないので黙っていることにし、

「やっぱりムシじゃあ駄目なんかねえ。」

するとと唇の間からぷっと息を漏らし、

「そりゃ、チンを釣ろう思うたらムシよりエビじゃけえ。岸のよいよぎりぎりのとこへ、錘なしで落してやりゃあええ。」

信道は、エビを使った時にはチヌに限らず大した釣果を上げていない。つけ方が悪いと言われて、教えられたようにエビの尾を前歯で嚙《か》み切ったところへ針を刺すというつけ方をしてみても同じだから、いつもムシ餌で投げ釣りということになるのだった。その方が、チヌはかからなくても今日のように何かしら釣れる。最初からチヌ一本に絞ると外道も釣れないのだ。ダンゴでやれ、とも曾祖父は言う。だが、粉の餌を水で練ったダンゴの中にムシ餌を入れるというやり方を試していたらボラ釣りの男たちに、一丁前にチヌ狙いじゃあ、と笑われたことがあった。

晩ご飯の時にまた来る、と祖母に言って信道は市営住宅に戻った。途中、今朝スイートコーンを買ったコンビニで、から揚げを昼に食べるかと訊かれた時に考えた通り、スパゲティのミートソースを買い、昼はそれを一人で食べた。チーズがかかっていておいしかった。

　夕方六時過ぎに祖母の家にもう一度来てみると予想通り、メイタとタイは煮つけにされていた。祖母は魚、それも特に白身というと必ず煮つけにする。さすがにメゴチやキス、ハゼなどは天ぷらやから揚げが多いが、油断すると南蛮漬にされてしまう。なので先にから揚げを注文しておいたのだ。ただメゴチのうち一匹だけは煮つけにされていて、

「これだけ、祖母ちゃんにちょうだい。タイはじいさんの分にもろうてええね。」

　祖母が曾祖父に食べさせている間、信道は先に食べていてもよかったが、ベッドの横で見ていた。曾祖父は、箸に挟まれたものを見つめている間は、果して食べる気があるのかどうか分らないくらい反応が鈍かったが、口に含むとどうにか嚙み潰し、十分味わったという満足そうな顔で呑《の》み下してゆく。時間のかかる食事があと少しで終るという頃に祖母が箸と皿を差し出したので信道は受け取り、タイの身をほぐして口許《くちもと》へ近づけると、唇を伸ばし、吸い込むようにして食べる。年を取った大きな魚だ、と思う。

「さ、じゃああたしらのご飯にしようかね。全部食べたら信君、悪いけど食器下げ

てきちょいてよ。」と言って祖母が出てゆくのを待っていたのか、右目を急に剝くと、

「信、再来週の月曜日、休みじゃろ、敬老の日じゃけえ。」

「うん。」

「釣りに、行くんか。」

今日行ったばかりなのにまた勝を誘う勇気はない。

「分らんけど、行かんと思う。」

「丁度ええ。来てくれんか。」

曾祖父の魂胆が分った。

「また？　祖母ちゃんに怒られるんやない？」

「ええから。」

メイタの煮つけには、背のあたりに落し損ねた鱗《うろこ》が残っていた。タイにも残っていただろうか。呑み込みづらかったかもしれない。

食事のあと、曾祖父のおむつの中の尿取りパッドを取り替える祖母を手伝った。これを当てておけば小便が出てもおむつごと替える必要はない。長方形で薄緑色の

パッドを股間に当てやすいラッパの先みたいな形にして渡すと、

「あら上手に出来たねえ。」と祖母が言った。

母は十時前に車で迎えに来、遅くなったことを玄関で祖母に謝った。うどん店に出るだけの時とは全然違う、男みたいに黒くて堅苦しい服だった。頭を下げる時、頰の横を艶のある茶色の髪が何度も通り過ぎた。家には上がらなかった。

「遅くまでご苦労さん。祥子さん、体に気をつけとるかね。」

「はい。お祖父ちゃん、具合どうですか。」

「時々、熱がね。でも今日は信君の釣ってきたタイ、しっかり食べたけえ。いっつも、ありがとうね。」

「いえ、こちらこそいつも。」

母はまた頭を下げる。二人が顔を合せる度に、ありがとうねとこちらこそが、必ず交される。自分のことを差している会話だと、信道には分っている。父が死んで六年経《た》つ。母は来年四十歳になる。祖母のありがとうねは、ウチの息子が早く死んで一人で子育てしなくちゃならなくてごめんなさい、という意味であり、母の側から見れば、こうやって預かってもらったり夕飯を食べさせてもらったりで、こちらこそ、ということになる。でもそれだけの意味ではないかもしれないと、信道はこの頃感じる。もっと他に言いたいことがあるのにとりあえず、ありがとうねとこちらこそをくり返している気がするのだ。

母はしっかり前を見て運転しながら、

「どうだった。釣れた？」

「小さいのが、少しだけやった。」

「そうか。小さいのが少しか。チヌは釣れなかったんだね。残念やね。」

母の言葉からはだんだん方言が抜けてゆく。うどん店の店長を一年半前に任されてからそうなってきた。店の本社は福岡にあった。うどんは九州独特の、甘辛い味つけのほぐした鶏肉《とりにく》が載っているかしわうどんというもので、これをなんとか本州にも広めたいという社長の方針を受けて母は張り切っていたが、このところその社長に呼ばれることが多くなり、今日も店の営業が終ったあと、何かの打合せをしていたらしかった。

社長に叱られたん？　店、潰れそうなん？　と訊いたつもりがふうっと息を大きく吐き出すだけになり、急に眠くなった。もう着くよ、という母の声がした。

月曜日、やってきた信道を見て祖母は、

「敬老の日っちゅうのに一番年取っとる人が敬老されんのじゃから。」

これから町内会の人たちと日帰りで近場の温泉へ行くのだという。曾祖父はとても連れてゆけない。せめてデイ・ケア施設の行事に参加したらどうかと勧めても、信道に来てもらうからええ、と言って聞かない。

「休みっちゅうのにから信君も災難じゃねえ。」

信道は曾祖父の計画がばれていないだろうかと不安だったが、祖母は気にする風もなく出かけた。案の定、すぐに奥の部屋から呼ぶ声がした。

曾祖父は布団から出した震える右手で押入れを指差し、

「日の丸、出してみいや。」

「僕、やめた方がええと思うんやけど。」

「お前みたいなんが、何言う権利もありゃせん。ええから早《は》よせえ。」

分っていたことだ。断らなかった自分が悪い。盗んだ品物が隠してある場所を白状する気持で押入れを開けた。

前にあったところに日の丸の箱はなかった。よう探せ、と命じられ、冬物の布団やブリキ製の衣裳《いしょう》箱やビニールが被《かぶ》せられたストーブなどの間に頭を入れ、動かせるものは少しずつ移動させながら探したが、見つからなかった。

「ちっ、やられてしもうた。」

曾祖父は昔から、休日には日の丸を家の前に掲げてきた。日本人じゃったら当然やないか、昔はどこの家も日の丸くらい持っとるのが当り前じゃった、ということだった。腰の骨を折る原因にもなった。二階がないからなるべく高いところにといつも脚立《きやたつ》に上って、日の丸を結びつけたポールを、玄関の軒端《のきば》に取りつけてある専用の金具に差し込んでいたのだが、八十歳を過ぎてから脚立の上で足を滑らせ、玄関前のコンクリートへ腰を打ちつけてしまったのだった。その後は祖父が掲げることになった。警察官だったから、父の代りに国旗を掲げることを誇りに思っていたようだ。息子の紀和が結婚して独立し、祖父が亡くなって、役目が回ってきた祖母は、初めのうち義父や夫が掲げていた軒端へポールを差し込んでいたが、そのうちに玄関先の外壁に立てかけてすませるようになった。曾祖父は怒鳴りつけた。反撃として祖母は玄関先どころか、日の丸を出すことそのものをやめてしまった。警察官だった夫はあんな死に方をするし、市役所勤めの息子もあっけなかった、国とか世の中のために働いたあげくがそれだ、戦争に行って帰ってきて、それで日の丸立てて満足してるのは勝手だけど自分の人生には関係ない、というのが祖母の考え方のようだった。気に入らんのなら出てゆけと言われても居座った。

曾祖父が思いついたのが信道を使う方法だった。祖母の目を盗んでは呼びつけ、命令に従わせた。いまの旗はもともと曾祖父が持っていたものの次の代で、祖父と祖母が結婚した時に市から贈られたものだった。警察官だからではなかった。市内で婚姻届を出した夫婦全てに配られる時代だった。折り畳んだ日の丸と、三分割してある白黒に塗り分けられたポールと、その先につける金色の玉は、厚紙で出来た細長い箱に入っていた。玉を入れてあるビニール袋には、ワレないハゲない　永久国旗玉、と印刷してあった。確かに欠けたり剝げたりした部分はどこにもなかった。日の丸そのものはかなりくたびれていた。信道が使われるようになってから祖母は休日には自分が家にいるか、曾祖父をデイ・ケアに出すようになっていた。

だから今日は珍しいと信道も思っていたが、祖母が上手《うわて》だったわけだ。曾祖父にさらに命じられて一応家の中を探してみたがどこにもなかった。チヌは釣れないし日の丸も見つからない、と思った。白黒のポールから釣り糸を垂らせばチヌが釣れるだろうかと考えたりした。

昼はトーストを牛乳に浸して食べるけえ手伝ってやってと祖母に言われたので台所で準備していると、奥の部屋から呼ばれた。

「出た。替えてくれんか。」

ベッドの手摺を外してから布団をはぐり、パジャマをずらしてみると、尿がおむつ本体をわずかに濡《ぬ》らしているようだった。パジャマはなんとか無事だった。が、尿取りパッドだけでなくおむつごと替える必要がある。祖母からは、おしっこはほっちょってええ、うんこはきのう出たけえ今日は出ん、と言われてはいた。ベッドには厚い吸水シートが敷いてあるので最悪の場合でも下のマットが汚れることはまずないが、このままだとにおいが部屋に籠りそうだ。それに、こうなってもまだ右目で宙を睨《にら》み、すまんとも悪いとも言わない曾祖父が、湿ったおむつに耐え続けることに、信道は我慢出来ない。

ベッドの横に置いてある、おむつなどを入れるためのプラスチックのかごからゴム手袋を取り出してはめると、パジャマを改めてずり下ろし、おむつの前面のテープを剝がす。曾祖父はふおっ、と息を漏らすが何も言わない。尿を吸ったパッドをつまみ上げる。強いにおいが立つ。熟した果物みたいに膨らんでいて、これ以上指先に力を加えると破裂してしまいそうだ。新聞紙で慎重にくるんでからビニール袋に、さらにごみ袋に入れる。

おむつ替えにはいろいろなこつがある。まず仰向《あおむ》けになっている曾祖父の体を一旦横向きにし、おむつを抜き取り、新しいおむつを敷き込んで体を元に戻すが、それだとテープのついた羽根の部分の一方がまだ体の下になっている。そのため今度は反対側へ横向きにして向うの羽根を引っ張り出し、左右のテープが同じ長さで腹の前に来るようにする。あとは尿取りパッドを宛《あて》がってテープを留めればいい。理屈は分る。一人でやったことはない。祖母に、やってみるかねと言われて真似《まね》してみたが、体を横向きにする時、力を入れ過ぎて俯《うつぶ》せにしてしまった。祖母より自分の方が体力はあるかもしれないが、体そのものは祖母の方がいく分大きい。ただ力を入れればいいというものではないのだ。自分の体をうまく使って曾祖父の体を横向きで維持したりゆっくり仰向けにしたりするには、体力より体の大きさ、曾祖父の体に対抗するだけの体の表面積が必要だ。

パッドだけ替えてすませようかと思ったが、おむつの尻の方にまで尿の染みが広がっている。

「曾祖父ちゃん、おむつ替えるけえね。」

「当り前じゃろうが。そのために呼んだんぞ。」

「うん、やってみるけえ。」

「やってみるんやなしに、ちゃんとやれ。」

「うん。」

曾祖父の右側に立った信道は、まず左側の羽根を体の下につつき込んでおき、右肩と右腰に手を当て、膝も宛がい、左を下にして体を横向きにした。床ずれが見えた。膝で体を支えて素早くおむつを抜き取り、そのあとへ新しいおむつを敷き、膝をゆっくりとずらして仰向けにし、今度は体の左側をこちらへ引っ張って右を下にして横向きにし、左の羽根を向う側へ引っ張り出し、全体の位置を確認して仰向けに戻した。一段落したので曾祖父は再びふおっという息をした。

意外に簡単だった。そういえば自分は去年と比べて身長が六センチ近く伸び、体重も五キロ以上増えている。クラスでは特別大きい方でもない体がここでは役に立った。

昼食のあと、曾祖父は眠った。家全体が震えそうな鼾《いびき》だった。目を覚ましたところで、

「日の丸、やっぱりないかあ。」

「まだ探すん？」

「いや、もうええじゃろう。これ、」と腰のあたりを叩《たた》き、「替えてもろうたけえなあ。」

だが今度は勲章の話だった。

「それこそもうええって。曾祖父ちゃんはなんも悪うないんやけえ。いまその話せんでもええやろ。」

「いま話さんでどうするんか。日の丸も勲七等も、のうなったんぞ。」

「ああ、そうやねえ。そういうつながりがあるんやねえ。よう気がついたねえ。」

「お前、真面目《まじめ》に聞く気、あるんか。」

曾祖父が口にする三つの話のうちの戦争に属するものとして何度も聞いてきたか

ら、いまさら真面目にならなくても全部分っていた。戦争で弾《たま》がふくらはぎに当った。それほど大きな傷にはならなかったが、戦友より早く、戦争が終る前に帰国を命じられた。勲章を貰《もら》った。普通なら軍曹は勲八等だが、曾祖父は青い桐《きり》の葉の勲七等だった。三回も召集されたからか足を撃たれたからかは、よく分らなかった。そんなことどうでもええ、と言った。

その勲章をまだ子どもだった祖父におもちゃ代りに与えてしまったのもそのためだった。負け戦《いくさ》じゃったけえどうでもええ、ということなのだった。国から勲章なんか貰って申し訳ないという気持と、いまさら貰っても勝ったことにはならないという絶望が絡まり合ってほどけなくなったらしく、そのこんがらかった結び目を投げ出すように息子に渡した。その時曾祖父が、俺にこれを持っとる資格はない、と確かに言ったと、祖母は祖父から聞いたそうだ。祖父は胸につけて、戦争だ戦争だと言って友だちとよく遊んでいた。その戦争ごっこの最中、勲章をなくしてしまった。敵に奪われたという自覚はなかった。だが、以前曾祖父から聞いた乃木希典《のぎまれすけ》の話を思い出した。長州の武士の家に生れた乃木大将は、明治十年の西南戦争で政府軍の連隊長として戦った時、天皇に刃向う者を討つしるしである錦の御旗《みはた》を奪われた。それは天皇を奪われたのと同じ意味だった。だから三十五年経って明治天皇が亡くなった時、妻と一緒に自害した。旗ではなく勲章をなくした祖父は特に怒られもしなかった。それが逆に応えた。警察官になったのは、国と、国のために戦った父親とに申し訳ないという思いからだったらしい。そういう、親孝行であり無理をしているのでもある年月の果てに、理由を明かさないで、乃木大将と違って一人で自殺してしまった。あの人がどんなに大変な仕事しよったかあたしにも分らん、家族に言えんようなこともそりゃあったじゃろ、じゃけど勲章のことがなかったら警察にも入らんかったし死にもしてないけえ、と祖母は言った。

「恨みがあるんじゃろうのう。それでとうとう日の丸、捨ててしもうたんじゃろ。」

まだ少しだけ入れ歯にへばりついている昼のトーストの残りを舌で舐《な》め取りながらの口調には、恨みや怒りは籠っていなかった。考えてみれば祖母にしても祖父のことで恨みを口にはしても決して激しく怒りはせず、しかし恨みそのものは消えていない感じだった。信道には昔のこととか年を取った人たちの考えることとかがいま一つ理解出来なかったが、久賀山家から大昔に勲章が、いまになって日の丸が消えてしまったことだけは間違いなかった。

帰ってきた祖母に、

「おむつ濡れとったけえ、全部替えた。」

「ありゃあ、ごめん。パッドを重ねて当てたらええんじゃけど、もそもそするんがいやって言うもんじゃけえ。それにしても信君、一人でやったん初めてじゃろ。割と簡単じゃろ。」

「うん。」

「じゃろ。最近、軽うなったけえ。前と比べたらどのくらい違《ちご》うとるかしらん。」

と言って両手で物を抱え上げる仕種《しぐさ》をしてみせた。日の丸のことは、祖母も何も言わず、信道も口に出さなかった。

自転車で帰る途中、これまで覚えたことのない不思議な感覚で満たされた。おむつを楽に替えられたのは、自分が大きくなり曾祖父が小さくなったからだ。これから自分はもっと大きくなり曾祖父は小さくなってゆくから、元の体重はずっと分らないままだろう。ただそれだけのことなのに、ものすごく不思議な感覚だ。これに一番似ているのは、久しぶりに会う親族に見つめられた時だ。決まって、大きゅうなって、大人みたいな顔つきして、などと言われる。

曾祖父の体重が増えることはないのだともう一度、前よりもはっきりと考えた。不思議な感覚が少し薄れた。

ドックの金網の傍にはいつでもボラ釣りの男たちがいる。ドックより向うには小さな工場やガソリンスタンドが並んでいるので海に近づくのは無理だ。たとえ潜り込めたとしても海峡の幅が急激に狭くなっているから仕かけはあっという間に流されてしまう。勿論《もちろん》フカセやウキ釣りは出来るわけがない。三十号の錘が投げられる三・五メートルクラスの竿を買う小遣いはない。だいたいそこまで長い竿はまだ自分には扱えない。やはり流れが緩やかになる、ドックの横だ。

男たちは、ボラの釣れない時期には競争みたいに遠投してヒラメを狙ったりして、とにかく誰かがずっとそこにいる。さすがに平日にはめったにいないので夏休みには何度か潮がいい時にそこで釣ったが、チヌはかからなかった。それでも一番いい場所には違いない。冬休みや春休みには三十センチほどのカレイやアイナメを何匹も釣った。

男たちは、学校の教師たちよりも二回りほど体が大きい。トローリングに使えそうな太い竿の根本を足で踏んで固定し、当りを待つ。餌は先にアジなどを釣り、それを切身にして使う。リールなしで竿の先に直接道糸を結びつけている。魚がかかれば暫《しばら》くのやりとりのあと、一気に引っこ抜く。トドと呼べそうに大きなボラの時は、信道が釣る一番大きな魚でも潜り抜けられそうに粗い目を持つ茶色のたも網が登場する。釣った魚をその場で捌《さば》いて食べ、ビールや酒を飲む。信道は特にあの、顔が赤くて鼻の潰れた男が苦手だった。ダンゴ釣りを見つけて一丁前にチヌ狙いじゃあと笑ったのもこの男だった。喉に砂利でも詰めた感じの声だった。

十月初め、一人でいつもの場所に行った。勝は誘わなかった。

信道の糸が少しでも男たちの竿の方へ流されそうになると、道具ばっかり上等で釣り方も礼儀も知らんのお、絡まったら承知せんけえのお、と鼻の潰れた男は叫んだ。酔っていた。釣り上げられ、石畳を全身で叩き、そこら中に鱗をまき散らしているボラを針につけたままこちらに向けてぶら下げてみせ、それでいて目は合せず、仲間たちと笑っているのだった。一人でどうすればいいか分らなかった。

二時まで粘り、カサゴが一匹に、キス、ハゼ、メゴチが全部で二十匹ほど釣れた。

特にキスが多かった。クーラーボックスの中で、万年筆のように真っすぐ硬直していたり、体を大きく曲げて自分の尾鰭に食いつきそうにしていたりと、思い思いの死に方をしている真珠色のキスの間からカサゴの頭が覗いているのは、なかなかいいものだった。チヌが釣れなかった証拠でもあった。信道はどうしてだか、キスを死体のまま釣り上げてしまった気がした。海の底にはキスの死体の山がある。自分は死んだ魚しか手に入れることが出来ない。生きているチヌは逃げてゆく。この間のメイタがきっと最後だ。チヌは曾祖父の記憶の中にしかいない。戦争が終ったあと炭坑や工場で働いていた頃の海にしか、チヌは生きていない。曾祖父が小さくなってゆくばかりで二度と大きくはならないように、チヌは時間と一緒に遠くなる。曾祖父は何十年も前に釣ったチヌをもう一度針にかけるために小さくなってゆくのだろうか。大きくなってゆく自分の体は止められない。いつか小さくなり始めるまで待つしかない。

祖母の家に寄った。玄関の呼び鈴を押しても出てこないので裏庭へ回って奥の部屋を覗くと、ベッドは空だった。デイ・ケアだろうと思った。

帰宅すると祖母から留守電が入っていた。赤間関駅近くの総合病院にいる、曾祖父の具合が急に悪くなった、いまは安定しているから大丈夫、という内容だった。

仕事から帰ってきた母は、

「祖母ちゃんから連絡あったでしょ。お母さんの方にもあった。下血したけどいますぐどうこうっていうわけじゃないみたいやから、心配せんでええよ。」

「げけつって?」

「お尻から血が出ちゃうこと。祖母ちゃん、今日は病院に泊るって。」

「下血って、よくないことなん?」

「よくは、ないね。」

床ずれが出来ると長くない、という言葉を思い出した。

母は魚を見て俎板《まないた》と庖丁《ほうちょう》を洗い、

「たくさん釣ったんやねえ。」と言った。信道は急に居心地が悪くなった。今日もチヌ釣れなかったね、と言ってほしかった。

母から入院棟の位置を聞いてはいたが、正面の自動ドアを入ると、どう行けばいいいのか分らなくなった。総合受付でかなり緊張して訊いたため、大声になってしまった。

教えられた通りに進み、エレベーターに乗り、床に描かれた案内の矢印に沿って歩いてゆくと、椅子と公衆電話と自動販売機がある場所で、祖母がペットボトルの緑茶を飲んでいた。

「あんた一人かね。遠かったじゃろ。」

「自転車ですぐやけえ。」

「ありがとう。祖母ちゃんはバスよ。」

祖母は最初の日だけ泊り、そのあとは毎朝通い、夕方までいるのだった。

「いま寝とる。じゃから一服しとったとこ。」

しかし四人部屋の廊下寄りのベッドにいた曾祖父は右目を開けていて、

「ああ。」と言って二、三度まばたきをした。

「じいさん、信君が来てくれたんよ。分るかね。」

もう一度、あ、と息を吐き出すついでみたいな声を出した。信道を見てはいたが、誰だかは分っていないのかもしれなかった。

「あんまり物が食べられんようになっとるけえ、とにかく元気がないんよ。ちょっとしたもんでも、呑み込む時にむせるんよ。入れ歯もガタガタいいよる。歯茎まで痩せてきとる。」

母は今日も遅くなるが祖母と夕食を食べる予定にはしていなかった。祖母ちゃん疲れてるから、と母が言ったためだ。夜、一人で寂しいのではないかと信道は思った。だから夕飯の代りに見舞いに来たのだった。だが二人にどんな言葉をかければいいのかと考えるばかりで、ただ祖母の話を頷《うなず》きながら聞く以外に何も出来なかった。曾祖父と釣りの話がしたかった。チヌが釣れないのだと言いたかった。そんなことを話してもなんの意味もなさそうだと思い、もどかしくなった。これまでは、何を話していいとかいけないとか、どんな話に意味があるとかいう風に考えたことはなかった。

曾祖父の呼吸がゆっくりになり、右の瞼が閉じた。祖母が布団をかけ直した。

他のベッドにも、年を取った男たちが横たわっていた。点滴を受けたり鼻に何かの管が刺さっていたりした。信道の目は、曾祖父と対角線の位置の窓際のベッドに引き寄せられた。白髪の男は土色の顔がこれ以上無理だというくらい痩せている。

皮一枚隔ててくっきりと浮び上がっている骨がいまにもぬるっと出てきそうだ。だが信道が見入ったのはそのベッドの横の椅子に、小学二年生くらいの男の子が座っていたからだった。Tシャツの肩を強張《こわば》らせ、桃を刺したフォークを注意深く持っている。男の子が剝いたのだろうか。周りには他に誰もいない。桃は茶色くなっている。いくら口許へ近づけられても白髪の男は、目こそ開けているものの食べる気配がない。桃の変色は見ている間にも進んでゆく気がする。白髪の下から右のこめかみにかけての皮膚にも、土色よりさらに濃い黒っぽい染みが浮んでいる。男の子は諦めない。桃の汁だけが痩せた顎を伝い落ちてゆく。

信道はそこまで見つめてから、見てはいけないと感じた。

何をしに行ったのだろうと思いながら帰りの自転車を力いっぱいこいだ。すると体は前に運ばれてゆくのに気持は同じところを何度も回転し、自分が情なく思えてきた。国道沿いの、銀行や証券会社などの大きなビルの前をひたすらこいだ。見なれた風景の筈がひどくよそよそしく感じられた。初めての街より冷たかった。見舞いの仕方を知らない自分は、こういうビルの中で普段どんな仕事がされているのかもやはり知らない。そこにはどんな苦労があるのだろう。ものすごく難しいお金の計算。不景気でいつクビになるか分らない不安。人間関係。それから、家庭での子育て。そういうことを何も知らない。知るべきなのだろうが、全てを知るにはあまりにも複雑で、大きな世界。信道は、何も分らないのに何もかもが怖くて、簡単なことなどこの世の中に一つもない気がして、何も出来ない自分が、また情なくなった。

国道を逸《そ》れ、倉庫が並ぶ海岸沿いを走った。海峡を行き来する船や対岸の北九州が、いつもよりくっきり見えているようだった。

ウッドデッキには人が出ていた。金網の傍にボラ釣りの男たちはいなかった。潮はかなり引いていて、フジツボのついた岸壁が剝出《むきだ》しになっていた。風が冷たかった。

夜は母が作っておいてくれたシチューをコンロで、ご飯を電子レンジで温めて食べた。

母の帰宅は九時だった。遅くなる時の定番である男みたいな暗い色の服に、袖が鋭く大きく折り返されているシャツを着ていた。

「あんた今日、病院行ったの?」

「うん。」

「病室、すぐ分ったでしょ。」

「うん。」

「祖母ちゃん大変だ。毎日通うんだもんね。血は、つながってないのにね。」

母は真剣に言った。母と、曾祖父や祖母もつながってない、自分は両方とつながっている、となんとなく考えていると、

「信。ちょっと相談なんだけど。」

「何?」

母から相談されるのは初めてだ。

「あんたね、これからもずっとここで暮したい? 他のところじゃ駄目?」

「え、引っ越すん?」

「かもしれない。」

「どこに。」

「東京。」

「は?」

「うちの会社ね、東京に店出すことになって、お母さんに任せたいって社長が言ってくれとるんよ。前から話はあって。でも信にとっては急よね。」

店が潰れそうで社長に叱られていたのではなかったのだ。

「ほんとに東京行くん？」

「お母さんがOKすればそうなる。ごめんね、ほんとに急で。いま返事しとかんといけんのよ。」

どうして今日、こんな話を聞かなくてはならないのだろうと思った。

「そんなん僕に訊かれても分らんよ。なんでいまなん？　曾祖父ちゃん死ぬかもしれんのに。」

自分の言葉が信じられなかった。今日さんざん味わった情ない気持を母が理解していないことが我慢出来なくて、でも直接言いたくはなかったから、曾祖父が死ぬと口にしてしまった。母が、

「あんたの言う通りやね。」と呟いた。病院で体験したのと同じく何を言えばいいのか分らなくなったが、昼間と違うのは母から相談されているという点だった。

「東京、絶対行かんといけんの？」

「絶対っていうんじゃないの。お母さんが断れば他の人が行くことになる。」

「他の人が？」

「うん。でも正直言うと、行ってみたいんよ。やりたいんよ、東京のお店。」

それから母は、讃岐《さぬき》だのぶっかけだのばかりが幅を利かせているのが納得出来ない、というういつもの持論に加えて、かしわうどんは東京にはまだないからいまが勝負だ、リスクもあるけどこんなやり甲斐《がい》はめったにない、味をつけた鶏肉を急速冷凍して運ぶルートも社長が確保した、開店は来年早々の予定だから今年の十二月、小学校の二学期が終ると同時に引っ越そうと思う、というような話を延々続けたのだった。どう考えても相談ではなく主張だった。信道は圧倒され、曾祖父が本当に死ぬかもしれないこともチヌが釣れないことも忘れて聞き入り、最後に母の話に割り込んでどうにか、

「ええよ、行くよ、東京。」とだけ言った。


曾祖父は以前と同じではないにしろまた喋れるようになった。だが時々舌が縺《もつ》れ

てそのまま黙り込んでしまったり、ちょっと意味の分らないことを言ったりもした。食事がほとんど摂《と》れず点滴に頼ることになり、退院のめどは全く立たなかった。枕の上の顔は笑っていることが多く、頭のどこかが緩んでしまってもう元には戻らないという感じがした。祖母も目に見えて痩せた。終る筈なのにどこまでも続いてゆく、なんの明るい見込みもない道を歩く人のようだった。他に道は残されていそうになかった。その祖母から、

「ええねえ信君、東京かね。でも東京の子どもいうたらみんな賢いんじゃろうけえ、勉強頑張らんといけんねえ。」と言われて初めて、東京へ引っ越すのがどういうことなのか、少しだけだが分った。曾祖父は右目を開けてどこかを見つめながら、

「東京いうたら、バスで行くんかあ。船かあ。」

「何寝ぼけたこと言いよるんじいさん。飛行機か新幹線よ。のぞみちゅうのに乗るんよ。」

「のぞみ、いうて、なんか。」

「新、幹、線。電車のものすごい速いの。じいさん、乗ったことあったかいね。」

曾祖父は、電車、汽車、と言って目を閉じた。

東京行きに対する同級生の反応も、祖母の心配を正確になぞっていた。つまり塾にも通っていない久賀山信道が果して東京で無事に生きてゆけるかどうかという点に、話題が集中した。その騒々しさの中には東京で暮せるのが羨ましいという気分もかなり含まれていたらしく、ガヤマ、自慢するんか、などと言う者もいた。勝がかばってくれたが、一緒に釣りに行かなくなったことをどう思っているのかは分らなかった。とにかく素直にかばってもらっておけばいいと考えた。

最近はそうやっていろいろ考える時間が増えていた。同級生があれこれ言う理由も考えてみたが、はっきりしなかった。自分から行くと言い出したわけではない。母についてゆくだけだ。行く以外に方法がないのだ。母の仕事が全てだ。それなのにいろいろ言われるものだから、どう考えても理由は出てこないのだ。母はうどん店を任され、自分は学校へ通う。東京へ行っても変わらない。二人は同じ場所で違うことをして生きてゆく。なのに母の事情が自分のことのように言われ、しかし反論も特にせず、母のことを自分のこととしてやり過した。

母は不安なのか、信じられないほど酒のにおいをさせて帰宅することもあった。信道は酒を飲もうとは思わなかったので、体が大きくなったといっても大人になったというわけではなさそうだと考えたりした。

母が下見や打合せのために二日間だけ東京へ行くことになった。おみやげ何がいい、と訊かれ、信道は閃《ひらめ》いた。東京にはなんでもある筈だ。

「勲章？　曾祖父ちゃんの？　ほしいの？」

「曾祖父ちゃんが、ほしいんやないかと思ったけえ。」

「曾祖父ちゃんがそう言ったわけじゃないんやね。負けた戦争で貰っても意味ないって言って祖父ちゃんにあげちゃった勲七等でしょう。ほしいんやないかって、なんであんたが思うわけ？」

「分らん。高いかねえ。」

「だいたい勲章なんて売ってるかなあ。売り買い出来るようなものじゃない気がするけど。」

しかし少しして母は信道を呼んで、

「あった。東京じゃなくても買えるよ。青い桐の、勲七等。」

パソコンのディスプレーには、黒地に金色の、なんと読むのか全く分らない字が書いてある四角いものと、中央が白で両端が赤いホームベース型の布の下にある、緑色の葉っぱの形をしたものとが映し出されていて、その上に、勲七等青色桐葉章、という文字が浮び上がっている。母は小声でサイトの説明を読み上げる。

「勲七等、なんて読むんかね、せいしょくとうようしょう？　は八つに分けられていた旭日章《きょくじつしょう》の中の七番目。銀製で色のついた部分は七宝《しっぽう》。叙勲制度改正に伴い現在では廃止されている。」

黒くて四角いものは勲章を入れておくための箱らしい。

「手放す人、けっこういるのねえ。意外。そんなに高いものでもなさそうだけど、どうする？」

曾祖父とは全く関係ない誰かの持ち物でありこれから誰のものになるか分らない勲章を見つめて、信道は考え込んでしまった。曾祖父は負け戦の勲章だ、持っている資格はないと言って息子のおもちゃにしてしまった。祖母の言い分だとそれをなくしたことがもとで祖父は警察官になり、自殺した。祖母の恨みはいまだに消えていない。その勲章がパソコンの中にある。これを売りに出した人には、曾祖父たちのような事情はなかったのだろうか。そういうことを忘れたかったのか。だったら捨ててしまえばいい。どうして売るのだろう。

「買う？　八千円くらいみたいだけど。」

「分らん。」

「分らんってさ、あんた自分で言い出したんでしょうが。」

「分らん。曾祖父ちゃんは勲章、貰わん方がよかったんかねえ。」

「なんで。なんでそう思うん？」

「ほやけえ、よう分らん。」

「戦争に行かされて、想像出来ないほど大変な目に遭ってるんだから、勲章くらい貰ってもいいんじゃない？　信とかお母さんにとっては意味が分らなくても、戦争に行った人にはそれなりに意味があるものだと思うけど。」

「分らんよ。お母さん、なんでそういうこと言うん？」

「え、何が。」

「分らんよ。よう分らん。」

どうして急に母を咎めたのか、本当に分らなかった。勲章くらいとか、それなりに意味がという言い方に反応してしまったのだが、どうして気に食わなかったのかは説明出来なかった。だからまたいつも通り考えることになった。

だが母が東京に行っている二日の間、祖母の家に泊るかと訊かれた時には考えなかった。

「一人で大丈夫やけえ。」

二年生くらいまではよく泊りにいった。一人で大丈夫、と返事をしてみると、泊りたくなくなっているのも自分が大きくなっていることと関係があると分った。

二日間は、母が作ったおかずを温めたりコンビニに行ったりした。ここぞとばかりスナック菓子やアイスクリームを買ってきた。母は夕食が終る頃に電話をかけてきて、遅くまでテレビ見てないで早く寝なさい、朝も電話するけど目覚ましちゃんとかけときなさいと言った。東京にいる母と話していることが信じられなかった。母が恰好よく思えた。そのあと急に心細くなった。

寝る時も怖かった。電灯を点《つ》けたりまた消したりして、一時前まで寝つけなかった。病院の曾祖父はぐっすり眠れているだろうかと考えた。祖母が一人で寝ている姿、裏庭に面した奥の部屋の誰もいないベッド、最後に東京のホテルにいる母を思い浮べた。

これまで食べたどんなチョコレートよりも苦かった。苦いものをおいしいと感じたのは初めてだった。何箱かあるうちの一つを母が、

「曾祖父ちゃんはもう食べられないかもしれないけど、一応持っていってあげて。」

「曾祖父ちゃんがかわいそうやん。祖母ちゃんが家におる時に持っていったら？」

「おみやげだから曾祖父ちゃんにも、一応。」

「一応？　そういうもんなん？」

「そういうもんよ。」

次の日、おむつと一緒にチョコレートを持っていった。病院で使うものはほぼ全て自分たちで持ち込まなくてはならず、おむつはかさばって祖母がバスで運ぶのは大変だから、母が行けない時は信道が自転車で届けることが多くなっていた。

曾祖父は右目を剝き、

「ほーお、東京の、チョコレート、かあ。上等な。」

「じいさん食べられんけえ、あたしが持って帰って食べさしてもらおう。」

「勝手に、せえ。」

曾祖父は短い言葉でも息を吐かないと喋れなくなっていた。声じたいも小さくなった。

白髪の男がいた窓際のベッドには違う男が寝ていた。退院したとか他の病室に移ったとかではなく、死んだのだと信道は思った。その自分の直感に戸惑った。しかしそうであるに違いなかった。どうしてだか、桃を食べさせようとしていたあの男の子までがこの世からいなくなった気がした。白髪の男が死んで男の子だけが死なずにすんだとは、どうしても考えられなかった。生きているとすれば、茶色い桃を忘れられなくなっているかもしれない。

枕の上の、肉が落ちている顔は、看護師がしてくれたのか髭《ひげ》が綺麗に剃《そ》ってある。骨の形が分る。浮き出た鎖骨は頑丈そうだ。なのに体は間違いなく小さくなっている。半ば開けられた唇の間から見えている意外な艶を持つ舌だけが入院前と変わらないが、もう物を食べることは出来ない。それでもまだ口の中に、百年近く経った舌があるということが不思議だった。骨が浮き出た全身は現実だが、健康な色の舌は全くの嘘だった。いつの間にか右目が閉じられていた。

祖母も黙っているし信道も何を話せばいいか分らなかった。見舞いの度にこうなってしまい、しかも無言の時間がだんだん長くなっていた。何か喋らなければならない、と思うのはたぶん初めてだった。いろいろ考えを巡らせて、これしかないという言葉を見つけた。

「祖母ちゃん、またおむつ持ってくるけえ。他にいるもん、ない？」

「帰るかね。うん、ありがとうね。いまのところこれで、」とパック詰めのおむつを叩き、「とりあえず大丈夫じゃから。また持ってきてもらうもんあったら電話するけえ。お母さん忙しいじゃろうから、あんたに頼むことになるねえ。」

曾祖父は急に右目を開け、ゆっくりと顎を動かし、

「信、帰るか。」

呼吸さえ苦しそうにしながらこちらへ顔を向けた。唇が震えている。骨のような頭に、信道は思わず手を当てた。温かかった。

「曾祖父ちゃん、チヌが釣れん。」

何も考えずに言葉が口から出た。自分が小さな子どもみたいで恥かしかった。

「チンが、食わんかあ。」

「食わん。どうしたらええかねえ。」

いつの間にか曾祖父の腹のあたりと信道の背中とに両手を当てていた祖母が、

「じいさん、なん言いよるんかね。とうとうぼけたかね、ああ?」

「信は、飛行機、乗るんかあ。」

「信は、東京、行くんじゃろうが、飛行機、じゃろうが。」

「まだ分らん。お母さんは、行く時飛行機で帰りは新幹線やったって。」

「新幹線は、汽車じゃろうが。」

「汽車やないよ、電車。」

「汽車はの、石炭運ぶもんじゃけのう。筑豊から、若松まで、汽車でのう。ほじゃけえ、乗るんなら飛行機の方がええ。お前は、石炭、掘ったり、運んだり、せんでもええ。キャップランプの電池、腰に下げとったら、食い込んで、痛いちゅうもんやない。船ものう、チン釣ろう思うて、乗ったら、いけんぞ。魚雷で、狙われるけえ。海い落ちたら、フカが来る。追っぱらおう思うたら、巻脚絆《まききゃはん》とか、さらしとかつないで、長《なご》うして、流すんぞ。フカは、自分より大きいもん見たら、寄ってこんけえ。」

祖母が息を吐き、

「じいさん、よう喋るのはええけど、大丈夫かね。疲れんかね。」

「東京、行くんじゃろうがあ。」

「行くのは祥子さんと信君。じいさんは寝とらんといけんよ。」

「東京、いうたら、宮城《きゆうじよう》じゃあ。謝らんと。」

「なんを謝るんかね。」

「勲七等、なくしたけえ。天皇陛下に、謝らんと。進市郎は悪うない。あいつにも、謝らんと。」

唇だけはまだ、謝らんと、と動かしている曾祖父の頭を信道の手からゆっくり、そっと奪い取って抱きかかえた祖母は、

「昭和天皇も進市郎も、もうおらんよ。もうええよ。体、疲れるけえ。もう喋らん方がええよ。なんも言わん方がええよ。」

祖母が泣くところを信道は初めて見た。隣のベッドの鼻に管を刺している男が、ありゃあ、どうしたかこりゃあ、と目を向けてきた。

エレベーターまで歩く時、祖母に訊いた。

「きゅうじょうって、何？」

「皇居のことよ。昔の言い方じゃね。今日はよう喋ったわ。疲れたけえ夜はぐっすりじゃろ。」

「熱、出るんやない？」

「大丈夫よ。」

「ごめん。」

「なん言いよるんかね。信君は悪うない。誰も悪うない。」

祖母の声にはまだ涙が残っていた。また何も考えずに、

「祖母ちゃん大丈夫なん？　祖母ちゃんどうするん？」

「どうするんて、祖母ちゃんは平気よ。」

「でも、お母さんは僕がおるけえ東京行っても大丈夫やけど、祖母ちゃん、一人になるやろ。」

言い終ったところで初めて自分の言葉の意味を考え、黙った。祖母はエレベーターのボタンを押すと、

「お母さんもね、紀和が死んでからは、あんたが傍におっても、ずうっと一人ぼっちじゃったんよ。祖母ちゃんもそうじゃった、あんたの祖父ちゃんが死んでからずうっとね。ほじゃから、じいさんおらんことなっても祖母ちゃんは大丈夫じゃけえ。それよりか、あんたはお母さんの傍におってやらんといけんよ。」

祖母に向って一人になるやろと言ったことを後悔してはいたが、祖母や母が一人ぼっちだったという言葉の意味はよく分らなかった。祖母の涙にしても、初めて見て驚いただけであって、悲しみを理解するのはとても無理だった。

母にその話をすると、

「一人ぼっちか。確かにそうかもしれない。」

「なんで。お父さんが早う死んだんが一人ぼっちの理由？」

「そうやね。それ以外に理由はないね。」

言ってから母は目を逸らした。僕が一緒におるのに、と言いそうになり、さすがに恥かしいのでやめた。

次の日の朝早く、玄関の扉が開け閉めされる音で目が覚めた。部屋の襖《ふすま》を開けた母が、

「あ、起しちゃった?」

「何?」

「お母さんね、いま病院から戻ってきたとこ。夜中に祖母ちゃんから電話があってね。曾祖父ちゃん、亡くなったんよ。」

信道は布団の上に起き上がり、母を見た。化粧をしていなかった。

亡くなったという連絡を母が祖母から受けたのは午前三時前だった。それより三十分ほど前、祖母が病院に着いた時点ではまだ息があったが、意識はなく、集中治療室に入っていたとのことだった。

「祖母ちゃん、泣きよった?」

「泣いてた。声上げてわんわん泣きよった。」

自転車で行ける距離の病院にいる祖母がひどく遠くの人に感じられた。疲れたけえ夜はぐっすりじゃろと祖母は言った。喋らせ過ぎた自分が曾祖父の命を縮めたのだと咄嗟《とっさ》に思った。悲しみは全くやってこなかった。今日は行ってもいいけど明日

は学校休みなさいと母に言われて嬉しくなったほどだった。

母はうどん店に電話をかけた。そのあと店の方から携帯に何度か連絡が入り、少し苛々した、早口のかん高い声で母は喋った。亡くなった主人の祖父です、という声が聞え、信道は何か突き放された気持だった。泣いていたという祖母と同じく母が遠い存在になった。

電話を終えた母は茶色の髪を素早く掻《か》きむしった。

「お母さん、仕事、行かんでいいん?」

「今日は行くよ。あんたが心配することやない。実の祖父じゃないんなら明日も出ろって言われたけど、ええから。」

「東京の店のこと、駄目になるん?」

「駄目にはならない、と思うけど、分んない。」

母は口許を引き締めると、出してきた喪服を鏡の前で宛がってみたあと、今度は信道の部屋の箪笥《たんす》を引っ掻き回し、白いシャツを手に、ズボンはあるけど上はどうかね、駄目やろうね、と言いながら当ててみて、

「やっぱりね。どんどん大きくなるねあんたは。まあいい。こんな襟の円《まる》いシャツ、

子どもっぽいし。」

そう言って裁縫箱からメジャーを出し、信道の肩幅と腕の長さを測った。

学校にはいつもの時間に行き、授業を受けた。担任に、お母さんから電話貰った、大変やな、明日は休んでええからな、と言われた。本当に休めるのだと思った。学校から帰り、このあとどうすればいいのかと考え、親族からの電話に何度か出たものの、分りませんとばかり答えた。母は夕方、信道のシャツと紺色のベストを買って帰ってきた。

新しい服を着、黒ずくめの母の運転で丘の反対側の、響灘《ひびきなだ》に面した平地にある斎場へ向った。海峡以外の海を久しぶりに見た。曇っているが風はなく、海面は穏やかだった。ここなら仕かけを流される心配もなさそうだ。ところどころに見えている岩場からウキで狙ってもいい。ただ自転車だとかなり遠い。

すでに父方の親族が多く集まっていた。母方の叔父《おじ》や従兄弟《いとこ》たちはやや離れたところにいて、何かで手が足りないと声をかけられた。

祖母は黒い着物で椅子に座っていた。小さかった。信道と母が近づくと、祖母と何か話し込んでいた斎場職員の黒縁眼鏡の女が、丁寧に頭を下げて離れていった。

先に何かを小声で言った母に何度も頷いて鼻を啜《すす》った祖母は目が合うと、「嘘みたいじゃろ信君。じいさん死んでしもうたんよ。きのうはあんだけ元気じゃったのに。」

「僕と長いこと喋ったのがいけんかったん？」

するると信道の右手を両手で挟み、

「そんなことないけえ。絶対そんなことない。ええね、これだけは忘れなさんな。あんたはなんも悪うないんよ。最後に信君と話せて心残りもなかったじゃろ。大往生よ。」

信道は悪いと思っているわけではなかった。飛行機や汽車やフカや皇居の話をしなければまだ生きていたのかもしれないと考えているだけだった。この先も悪いと思うことはないだろう。

祖父の自殺は全く覚えていないし、父の時のこともぼんやりしている。確か祖母が、いやがる自分を焼香させに祭壇の前まで抱えて連れていった。そのくらいしか覚えていない。通夜とか葬儀に出るのはそれ以来だった。暗いのは集まった人間たちだけでその他は明るかった。花や供え物、並べられた椅子までがぴかぴかに輝いていた。職員たちがてきぱきと動き回っているのもよかった。勿論何より嬉しいのは、明日学校に行かなくていいということだった。

信道君大きゅうなったなあ、と何人もから言われた。違和感があった。サイズを測った筈のシャツの袖が、少しだけ長かったからだ。前の釦《ボタン》を一番上まで留めれば袖丈も丁度よくなるから、と母に言われてそうしたが、首は苦しいのに袖はやっぱり長いようだった。

曾祖父は棺《ひつぎ》の中に白い着物で横たわっていた。顔色はきのうとほとんど変わっていなかった。何か塗ってあるらしかった。唇は沈んだ色だった。口の中には綿が詰められていて舌は見えなかった。鼻と耳にも綿があった。体と着物の間にも何かが詰めてあるらしく、胸や腹が、小さな頭とやや不釣合いに膨らんでいた。赤ん坊みたいだと思った。

お経の最中に困ったのはお腹《なか》がすいてきたことと、いつもより早く起きたための眠気だった。母から何度か膝を叩かれた。父の葬儀と違い自分から進んでした焼香だけは緊張した。席に戻る時にあとから来る人とぶつかった。

棺は通夜のあと、「久賀山家」という立て札が出されている控室に移された。親族は改めて曾祖父の顔を見つめ、ええ顔しとるとか安らかなもんじゃなどと言った。百歳近いという年齢が集まった人たちを柔らかく包み込んでいた。その大らかな空気の中で信道は、曾祖父の命を縮めたのは自分だと、何かの自慢みたいに念じ続けた。

親族は控室に泊る者と帰宅して明日また来る者とに分れた。信道と母は帰ることにした。泊るのは久賀山家の者ばかりだった。

車の中で信道は自慢げに、

「要するに僕らは、場違いなんやろ。」

「へええ?」と母は心底おかしそうに、「あんた、その言葉の意味、ちゃんと分ってる?」

「今日みたいなんを、場違いって言うんやろ。」

「そうかねえ。場違いかねえ。」

「お母さんはええとしても僕はほんとに場違いやろ。曾祖父ちゃんが死んだ原因なんやけえ。」

「祖母ちゃんもあんたは悪うないって言ってたでしょうが。」

「それでも原因は原因やけえ。」とまた自慢の口調になった。

「やけどあんたがそうならお母さんはもっと場違いよ。血、つながってないから。」

「祖母ちゃんだって曾祖父ちゃんとつながってないやん。」

「祖母ちゃんはあんたのお父さんの母親だからね。」

母はひどく冷たい調子で言った。祖母のありがとうねに対するこちらこその時とは違っていた。祖母と父を突き放していた。そう聞えた。いつも交されるあの会話の本当の意味はこれだったかと感じた。祖母や父より母の方がかわいそうだった。

「お母さんは僕の母親やろ。僕がおるんやけえそれで満足やろ?」

言ってから恥かしくなった。母は唇を曲げ、鼻で息を漏らしながら笑い、

「そうやね、まあそんなところで手、打とうかねえ。」


正午から始まったお経は、通夜が僧侶一人だったのに対し三人で、長くかかった。眠くはならなかったがその分、経によってどうにか進んでゆくだけの時間に真正面から耐えなければならなかった。きのうの夜はにぎやかだった照明や花々が、真っ

昼間だといやに白っぽく軽々しく、残酷だった。

参列者は通夜より増えた。祖父の関係で警察官らしい人もいた。一人一人に丁寧にお辞儀をしている祖母の小さな背中が信道の席からも見えた。

お経が終って僧侶が退席し、皆さん、お別れでございます、故人様がお寂しくないようにお花を入れてあげて下さい、とアナウンスがあり、参列者は立ち上がった。盆を持った職員たちが祭壇から花を摘み取り、運んできた。きのうの眼鏡の女が祖母のところへ来て何か言った。棺の周りに集まった人たちは次々に花を手に取り、中に入れていった。一度入れた人がまた両手に捧《ささ》げて、矢一郎さあん、と言いながら体に振りかけたりもした。なかなか近づけなかった信道は、母に手渡された白い蘭《らん》を握り潰さないように慎重に持ち、人の波が一瞬引いたところを狙って棺の傍まで行き、足許へやっと投げ込んだかと思うと、すぐ大人たちに弾《はじ》き出された。従兄弟たちの中には人の頭の上から投げ入れる者もいてこれはなかなかいい方法に思えたが、すぐに見つかってしまい、続行は不可能だった。

手で掻き分けて顔を掘り出さなければならないほど棺が花で埋まった時、祭壇脇の扉からあの眼鏡の女がものすごく冷静な足取りで、掌からはみ出すくらいの大きさに折り畳まれた何かを持って入ってくるのを、信道は見た。まだ残りの花を棺に入れている人たちのうしろで女は立ち止まったが、ある方向に目を定めて本来の足取りに戻り、歩み寄った。そこには、花で埋まってゆく棺を見つめる祖母が、人々の輪からやや離れて一人で立っていた。女から声をかけられて振り向くと、きのうから打ち合せていたことなのだろう、驚きも迷いもせずに折り畳まれたものを受け取った。黄ばんだ布に信道は見覚えがあった。祖母は人々のうしろ、丁度棺の頭の側へ回り込むと、そこにいた久賀山の親族たちに何か言った。人々はえっと小さく声を上げた男が一人いた以外無言で場所を譲り、それに連れて人の輪が、小さな祖母に押されるようにして棺から離れた。信道はその隙間から滑り込んだ。祖母がすぐに視線を寄越し、微笑《ほほえ》み、畳まれた布を花に覆われた曾祖父の上に置くと、折り目に沿って丁寧に広げ始めた。やはり日の丸だった。白と赤が、新しい花と比べてずいぶんくすんで見えた。参列者から、ええ？　とか、ちょっと何、という声が漏れた。広げた旗の端を持って祖母が上下に動かすので、信道は足の方から手を伸ばしてこちら側の端を持ち、祖母と呼吸を合せて静かに曾祖父の体に被《かぶ》せた。花がいくつか棺からこぼれた。日の丸は顔の下からほぼ全身を隠し、さすがに足の先は納

まらなかったがそこにも花は溢《あふ》れているので、特に問題はなさそうだった。祖母は堂々と、落ち着いて見えた。親族の女の一人が、

「矢一郎さんの遺言ですか。」

「いいえ。」

祖母は笑いながら、まるで頷いているみたいに首をゆっくりと横に振った。参列者は立ち尽くし、隣の人と話をしたり、なんの義務感に駆られたか外にはみ出た旗の端の部分を棺の内側に押し込んだりした。眼鏡の女は同僚と一緒に、何事もないという顔をして控えていた。

火葬場は山の中だった。古い映画館を思わせる大きな建物だった。棺が、壁にあいた四角い穴から突き出ている台に移され、親族が改めて手を合せる中を壁に押し込まれ、扉が閉じられ、スイッチが入れられた。日の丸と花と曾祖父が燃えるのだと思った。

待合室にいる間、時々親族に、好きやった曾祖父ちゃんのうなってしもうて寂しいじゃろうな、などと話しかけられ、はい、ととりあえず返事をしたりあいまいに首を捻《ひね》ったりした。祖母はテーブルに置いてある急須で茶を淹《い》れて配り、それぞれ

の相手と話をした。久賀山の人たちではなく母が祖母を手伝った。

曾祖父の骨は台の上にはっきりと浮び上がっていた。火葬場の男が、このあたりが腰骨です、分りにくいかもしれませんがこれが喉仏です、と説明したあと全体を見渡して、

「大変御立派なお骨でございます。大腿骨《だいたいこつ》など特にしっかりしていらっしゃいます。昔の方というのは逞《たくま》しいものです。」と言った。骨になった曾祖父は確かに大きく感じられた。

長い箸を持ち、母と向い合せで、ご飯の時にはやってはいけないと言われる二人で一緒に挟むやり方で、いくつかを骨壺《こつつぼ》に納めた。斎場に戻るバスの中で眠った。

初七日というやつもついでにすませるということでまたお経が上げられた。そのあとで精進落しという食事になった。祖母は疲れたらしく席からほとんど立たず、母がその分動き回り、酒を注いだりした。

帰る時、信道は祖母に、

「勲章、ネットで買おうかと思ったんよ。曾祖父ちゃん死んだら棺桶に入れようと思ったんよ。ほやけど誰のか分らんやつじゃ意味ないかもしれんし、それでもええ

かなあって迷っとったら、間に合わんかった。」

袖を引っ張る母に、ええんよと言った祖母は、

「ありがとう。でもありゃあ金属じゃろ。金気《かなけ》のものは入れたらいけんのよ。ほじゃから日の丸を、ね。信君、あん時手ぇ貸してくれてありがとうね。」

車の中でまた眠った。帰宅すると母が、

「あれって祖母ちゃんがどっかに隠してた日の丸でしょう。あんた、どこにあるか知っとったの？」

「全然。」

「そう。祖母ちゃんが広げてあんたが足の方で引っ張った時、あれ、この二人最初から組んでたのかなって思ったんよ。もしそうやったらちょっと悔しいなあって。あんた、泣かんかったね。偉いよ。お母さんでも泣いたのに。」

母が泣いたというのを初めて知った。

シャツを脱ぐために一番上の釦を外すと体が急に楽になったのが分った。きのうはあった首の周りの窮屈な感じを、今日は朝からずっと忘れていた。袖が少し長いことも、いまになって改めて思い出した。

チヌも他の魚と同じく、産卵に備える春と寒さを乗り切ろうとする秋に食欲を増す。釣りやすい時期とされている。

十一月が来るとボラ釣りの男たちは数が減った。その日も信道が来た時には、ボラ釣りではない初めて見る男が一人、金網の横で投げ竿を二本出しているだけだった。かなり寒くて、母が忠告した通りもう一枚着てくるべきだったと思った。

いつものように長い竿で遠くを狙い、足許を短い竿で探っていった。こんなやり方ではいつまで経っても釣れないのかもしれない、そもそもチヌがいなければどうしようもない、ボラ釣りの男たちが自分を笑うのも根拠があってのことかもしれない、とこの頃考えていることを頭の中でくり返した。

日が高くなった。ウッドデッキに人が出始めた。投げ釣りの男はほとんどチヌと呼べそうなメイタを二匹上げると、仕かけを巻き、ドックの向う側へ歩き去っていった。信道が金網の横へ移ろうとした時、鼻の潰れた男が一人で現れた。夏なら朝から竿を出すがもう寒くなってきたから、太陽が完全に昇ったいまになってやってきた、という感じだった。信道の方をちらっと見ると、いきなりズボンの前に手をかけ、海に向って長い小便をした。どういうわけか直後に短い方の竿にメイタがかかった。それを見た男は大きなくしゃみを二回した。ばかにされていると思ったがメイタは嬉しかった。勝に見せれば、ガヤマすごいやんと言ってくれそうだった。

数日前の母の話を思い出した。これはあんたより先に祖母ちゃんと話し合ったんやけど、と断った上で、東京で暮すのをきっかけにして、久賀山の籍を離れ、元の苗字である重田《しげた》に戻ろうと思うがいいか、どうしてもいやならあんただけ久賀山のままでも法律的には大丈夫なんだけど、と訊いた。再婚するのだ、と瞬間的に思ったが、母は笑って否定し、

「けじめっていうかなんていうか。リセットかね。お母さんとあんたで新しい生活始めるんやからね。久賀山のまんまやとね、気持が緩むんやないかって思うんよ。お父さんと結婚しとったたっていうことに、これから先も頼ってしまう気がするんよ。正直言うとね、お母さん、ちょっとびびっとるんよ、東京の店任されるの。やからこそね、あんたと二人で強うならんといけんって思うんよ。曾祖父ちゃんが亡くなったけえ言うんやないよ。東京行きが決まってからずっと考えよったんよ。お父さ

んのこと嫌いになったわけやないし、忘れるわけでもないんよ。」しかし最後にまた笑って、「でもあれやね、いつかいい相手が見つかって再婚、するかもしれないね。そん時はお父さんも大目に見てくれると思うけど。」

信道ははっきりした返事をしなかった。母にしてみれば元に戻るだけだが、自分にとって重田は新しい苗字だ。勝からも誰からもガヤマと呼ばれなくなることが想像出来なかった。だからといって自分だけ久賀山のままというのでは、母があまりにもかわいそうな気がする。

短い竿でカサゴを釣り、長い竿でアイナメを三匹釣った。もうキスやメゴチの季節ではなかった。そろそろカレイも釣れ始める。餌をつける時や釣れた魚を針から外す時、指がかじかんでしまわないようにいちいち使い捨てカイロに触らなければならなくなる。チヌは沖の深い場所へ移動して、メイタすら姿を見せなくなる。いましかないのだ。次にチヌの動きが活発になる来年の春には、もうここで釣りはしていないのだ。いまのところ東京の印象は頭のいい生徒が多くて勉強のレベルが高いというだけであって、どんな釣り場があるのかは想像がつかない。考えてみれば曾祖父が生きてきた宇部や徳山、若松の海にも行ったことがない。自分はほとんど、関門海峡しか海を知らない。その海でチヌを釣るとしたらいまが最後だ。

　鼻の潰れた男の竿にはなんの当りもないようだった。波の動きだけを反映して竿先がゆっくりと上下していた。キスやメゴチと同じでボラももうほとんど釣れない筈だった。だから今日だって一人しかいないのだ。男は時々煙草を吸い、何かをくちゃくちゃ噛みながらカップ入りの酒を飲んだ。どこまで本気で釣っているのか分らなかった。餌のつけ替えもほとんどしなかった。

　昼は二つの大きな握り飯を、包んであったアルミホイルから出して食べた。今日は最初から餌がなくなるまで粘るつもりで母に頼んだのだった。道具箱の底の方で少し潰れていた。

　午後は風が出た。潮はどんどん引いていった。海の色が薄くなった。長い竿から出ている道糸の、それまでは海の中に隠れていた部分が長く伸びて光った。小さな船が潮の流れに逆らって西へ進んでいった。ウッドデッキの方から流れてきた人たちに時々、何が釣れるの、と訊かれ、カサゴ、アイナメ、と答えた。メイタとは言わなかった。クーラーボックスの中を見せてくれと言う人もいた。アイナメのうち二匹は三十センチほどあったから恥かしくはなかった。大したもんだと褒めてくれる人も、アイナメとカサゴの間から尾鰭だけを覗かせているメイタのことには触れなかった。その人たちは鼻の潰れた男の方にも一応目を向けはするが、男が竿を足で押えて酒を飲んだり、糞《くそ》にもならんのう、とわけもなく呟いたりするのですぐにウッドデッキへ戻ってゆくのだった。

二時半頃、長い竿の先が一度大きく曲った時はごみでも絡まったのかと思ったが、すぐに小刻みな揺れが二、三度続けて来、道糸が急にたるんだ。短い竿の仕かけを急いで巻き上げてから長い竿を手に取り、リールを軽く巻いて道糸を張り、大きくあおった。竿が真上を向く前にゴッゴッゴッという大きな手応えがあった。魚は休むことなく道糸を持ってゆこうとする。これまで経験したことのない重みが来る。目論見《もくろみ》通りになったことに驚き、喜んだ。それまでは短く切っていたムシ餌を、房《ふさ》がけという、何匹かのムシの頭のところに針を通して余った部分は切らずに残す、大物狙いのやり方でつけた。一度にたくさんのムシを使うのがもったいないのでめったにやらなかった。それが当った。

リールはなんとか巻ける。巻きながら竿を倒し、巻く手を止めてゆっくりと立てる。また巻いて倒す。全く軽くならない。リールから糸が出てゆくわけではないが、魚との距離が広がっている気がする。竿が撓《たわ》み、道糸が軋《きし》む。左右へは走らず、底へ潜ろうとしている。竿の上げ下げをそれまでよりゆっくりと行う。いっそうの重みがかかる。暫くの間リールから手を放し、竿の弾力だけで耐え、また巻き始める。道糸についている海水が細かなしぶきになって顔にかかる。ここまで巻いているのだから、普通なら、錘をつけた天秤《てんびん》がそろそろ見えてくる頃なのに、気配もない。その代り、下へ引っ張る力が弱まってくる。竿の位置を一定に保って巻く。道糸が海面と直角を作るくらいまでになる。足許でもう一段重くなる。チヌ、と初めてはっきりと思う。引きの感触だけで魚の種類が分るほどの経験はない。だがチヌだと思う。まだ見えない魚はチヌになる。もうすぐ銀色の体が見えてくる。海面に刺さる道糸の先に目を凝らす。自分が釣り上げようとしているのに誰かに期待する感覚になる。巻く手は止めない。はりすが最後まで持つかと不安になる。

天秤が見え、何かが浮き上がってくる。大き過ぎると感じると同時にチヌではないと分る。黒くて細長い魚体が頭部を揺する。手足がありそうだ、蜥蜴《とかげ》みたいだ、と思う。大きな口を開けてもがいている。はりすが持たないと確信する。リールを巻く手が止まる。魚はそれを待っていたように、海面で頭を激しく振る。自分が魚より小さくなった気がする。だが、その気持はすぐに消えてくれる。目の粗い茶色のたも網がいきなり横から突き出されたのだ。

「無理に上げようとせんでええ。ちいと緩めてみい。泳がすようにしてみい。」

喉に砂利を詰めた声に押され、竿先を少し下げる。魚が潜ろうとするところを一気に掬《すく》ったたも網が宙を移動し、岸壁のコンクリートの上に下ろされる。

「太いコチじゃあや。時季外れじゃけどのう。」

砂利の声と一緒に網が引っくり返され、何度か揺さぶられた。魚体が落ちた。コチは頭と尾を大きく振り、体を捩《よじ》らせてのたうった。背は黒に近い褐色、腹は薄い金色だった。マゴチを釣ったのは初めてだった。四十センチ以上はあった。房がけのムシ餌が口から覗いていた。

「よお、どうしたんか。ええ？」

そう訊かれ、頭を指で小突かれても、どうして自分が泣いているのか分らなかった。チヌではなかったから。コチがあまりにも大きくて驚いたから。それが時季外れだから。男が網で掬ってくれたから。曾祖父が死んだから。東京へ引っ越すから。苗字が変わるかもしれないから。これまではガヤマだったが、重田になるとどう呼ばれることになるのか分らないから。東京では塾に通わなければならないかもしれないから。その中のどれかが涙の理由なのか全部違うのか、答えが出てこないから。なんかよう分らんやつじゃのう、と言って男は離れていった。

針は見えているが深く食い込んでいて外れないので、はりすを鋏《はさみ》で切った。クーラーボックスに入れようとして触ると背中の棘《とげ》で指を刺され、血が滲《にじ》んだ。手を拭くためのタオルを被せて持ち上げ、押し込んだ。それでも尾鰭がはみ出た。

そのあとは何も釣れなかった。コチは長いこと暴れていた。鼻の潰れた男は二度と信道を見なかった。

帰る時、自転車の荷台のクーラーボックスがいつもより重たくて嬉しかった。祖母の家に着く頃には指の血は止まったが、コチはまだ生きていた。

「こりゃあええの釣ったねえ信君。」

チヌやないと意味ないけえ、と言いたくなったが、涙が戻ってきそうなので黙っていた。祖母は流し台の中に移したコチのはりすを、こりゃ丁度ええわね、と言って指に絡め、庖丁の背で頭を何度も叩いた。それで漸く静かになった。カサゴとアイナメとメイタは煮つけだがコチは刺身にするのだと、祖母は珍しく言った。

「でも刺身は旬の時の方がええんやないん？」

「ははは。よう言うたよう言うた。じゃけどこんだけ立派なんじゃけえお造りにしてやらんと魚にも申し訳なかろうがね。夜は三人で食べようや。でも造る前にお母さんにも見せてやらんといけんねえ。」

祖母はコチの鱗を取り腹を空けただけでまだおろさず、他の魚と一緒に冷蔵庫に入れた。

母の携帯にはつながらなかったが折り返し電話があったので、祖母の家へ回るように言った。

母は玄関で、いつもどうも、と言って上がってき、ボウルに入れておいたために体が曲り、かえって威厳の出たコチを見て、なかなかやるねと言った。また泣きそうになった。今日泣いたことは鼻の潰れた男しか知らないのだと思った。

祖母を手伝って夕飯の支度をする母が、

「来週、また東京行くけど、信、一人で大丈夫？」

「ええよ。」

「信君、うちに泊りに来んかねえ。つまらんねえ。」

「すみません。」

「いいやあ。あんたも御苦労さん。飛行機かね。」

「新幹線です。」

「のぞみでも五時間じゃろ。」

「ここから宇部空港行くまで結構かかりますし、向うで羽田に降りてからのこと考えても、目的地までの時間はあんまり変わらんと思います。」

「新幹線降りたら、なんかね、山手線いうのに乗るん?」

「地下鉄の方が便利がいいみたいです。」

居間の信道にも聞えた。飛行機どころかまだ地下鉄にさえ乗ったことがない。台所に顔を出して、

「地下鉄って深いん?」

「そりゃあ深いよ。階段とかエスカレーターでぐんぐん降りていかんといけん。」

第三紀層くらいだろうかと思った。暗いトンネルをコチの細長い体が、日本列島を掘り出すために潜り抜けてゆきそうだった。

「東京の地下鉄は石炭掘るのに使いよったんかねえ。」

「さあ、どうやろうか。」

体を半分ひねってそう言った母の横で祖母が、割と骨がましい魚じゃからめんどうじゃけど、と言って、俎板に載せたコチを捌くために庖丁を突き立てた。石を砕くかと思うほど硬い音だった。

対談
書きつづけ、読みつがれるために

瀬戸内寂聴
田中慎弥

●もしかして田中さんは女たらし？

瀬戸内　田中さんの芥川賞受賞会見を、テレビで偶然見たんですよ。つけたらぱっとあなたが出てきたの。もう面白くて、とっても笑った。

田中　お恥ずかしいです、ほんと。

瀬戸内　田中さんの小説は読みにくいなんて声もあるそうだけど、『共喰い』は私、読みやすかった。とてもいい。すらすら読めた。面白かった。終わりなんてすごいじゃないですか。それに女の人がね、みんなよく書けてる。男はみんなおかしい人だけど、女たちが魅力があった。

田中　私は女性を描くのはいつもどうしていいかわからないので、正確に一つ一つ描写していこうというだけで……男から見た理想の女性をとことんわがままに描いてみたいとも思いますが。女性の描き方が良いというお言葉は、女性の選考委員や女性読者からもいくつかいただきましたが、そのように言っていただけるのは非常に意外です。

瀬戸内　セリフがいいの、女たちの。セリフだけでわかるのね。みんなとてもいい子だって。何というのかな、心のよさが出てるセリフなのね。でもあれ読むと、田中さんは相当女たらしかもしれないな、と思ったんだけど。

田中　いえ、全然そんなことないです、はい。だいたい女性が近づいてきませんので。

瀬戸内　女の心をわかってくれると思って、これからいろいろ言い寄ってくるかもね。でも、どうせなら若い子がいいね。おばんはやめときなさいよ（笑）。うち（寂庵）に身の上相談に来るのはね、大体、おばんなの。それでね、若い男にだまされた。財産全部取られたとかね、そんなのが多い。「いいじゃないの、若い男相手にして、ちょっとでもいい思いしたんだから。お金くらいあげときなさい」って私言うの。

だからびっくりした。あなたみたいな若い人が、私に会いたいだなんて、なかなか言ってくれないから。それに『源氏物語』をよく読んでいらっしゃって、それにも驚いたの。

田中　そのきっかけは、二十年ぐらい前に瀬戸内さんと橋本治さんがテレビで対談され、『源氏物語』はすごいというお話をずっとなさっているのを拝見したことなんです。私はそれまで古典文学は教科書で読むぐらいだったんですが……。

瀬戸内　橋本さんは寂庵へ遊びに来て帰りの新幹線で私の『女人源氏物語』を読んで、これなら自分は源氏の側から書こうと思いついたんですって。面白くないね、教科書。

田中　そうなんです。それで、大変下世話な言い方ですが、有名な作家がここまですごい、すごいと言うんだから、これはどういうものなんだろうと思いまして、じゃあ読んでみようということで、最初に与謝野晶子訳で読みまして。その後原文で二回読み、瀬戸内さん訳、谷崎訳を読みました。

瀬戸内　私も与謝野さんから入りました。

田中　そんなきっかけでしたので、瀬戸内さんにぜひお目にかかりたい、『源氏物語』のお話もぜひお聞きできれば、と思いまして。今日はありがとうございます。

●光源氏と桐壺帝の謎

田中　『源氏物語』は恋愛文学だから一千年読み継がれてきたということで、私もそれはそうだと思います。たくさんの読者を引きつける小説に共通して描かれているることといったら恋愛か犯罪ですから。ただ、私は男ですので、どうしても男の目線で読むんですね。登場人物は圧倒的に女性が多いし魅力的なんですが、私はやはり、桐壺帝《きりつぼてい》という天皇とその息子である光源氏の、男の物語としてどうしても読んでしまうんです。天皇になれなかった男としての光源氏。皇子になれず臣下に置かれる、だからこそ自由恋愛が可能だったという、そこのところは絶妙だとは思うんですが。高麗の人相見が源氏を見て、帝王の位に上る相だけどそうなると国が乱れる、と言います。国を乱す帝としての光源氏、というのも面白そうです。

光源氏の母親、桐壺更衣《こうい》の身分は低い。そのままの状態で源氏を宮中に置く、要するに皇位継承レースに乗せてしまうと将来苦労するであろうという桐壺帝の親心でもって、源氏は臣下に置かれる。ですから桐壺帝が嫌ってとか、意地悪でとかではなく、親心で皇位継承権を奪われる——そこが私はかなり大きいことだとずっと思っているんです。そのことでもちろん、源氏は桐壺帝を批判はしないし、それは会話の中でも、地の文の中でも、天皇批判というものはもちろん出てきません。ですが、一行も出てこないそういう思いが源氏には、やっぱりあったのだろうと思うのです。紫式部自身にも、天皇とか男とかという絶対的なものへの対抗心はあったでしょうし。すみません、ずっとしゃべってしまってます……まずそのことがあって『源氏物語』は成立しているんだろうと、私は思うんですが。

瀬戸内　それはとても面白い考え方だと思いますよ。あの小説で源氏が天皇にならなかったということは非常に重い意味を持っている。

もうひとつ。私はね、どうも『源氏物語』は、お釈迦《しゃか》さんの伝記を下敷きにしてる部分が非常にあるんじゃないかな、と思ってるんです。桐壺帝は桐壺更衣をとても好きだから、彼女が臨月でも病気でも里に帰さないの。帰さなかったためにだんだん病気が重くなって、帝に愛され過ぎて死ぬんですけどね。これはね、お釈迦さんと同じなの。お釈迦さんの場合も、父親の浄飯王《じようぼんのう》が摩耶夫人《まやぶにん》をとても愛してました。インドでも子供を産むのは里で産むのに、それを引きとめて帰さない。臨月も間際になってようやく里帰りを許され、途中のルンビニーで難産で産みます。そのあと一週間くらいで摩耶夫人は亡くなってしまう。私はインドで摩耶夫人が象にゆられてルンビニーまで行った道をジープでたどってみました。とてもひどい道でしたよ。臨月で象にゆられたら、それは無茶苦茶な行程です。

田中　興味深いお話ですね。『源氏物語』がより立体的になる感じがします。

桐壺帝は、亡き桐壺更衣によく似ているということから先帝の娘である藤壺《ふじつぼ》を迎える。でも藤壺が自分の母親に似ていると噂《うわさ》を聞いた源氏が、やがて藤壺と関係を持つ。

瀬戸内　源氏十歳のときに十五歳の藤壺が宮中に入ってくるんですね。十歳といったら、あなたなんかませてるから、そんなきれいな女を見たら、あ、いいなと思うでしょう（笑）。

田中　……はい。私はいまだに十歳程度です（笑）。もちろん純粋に源氏は藤壺のことが好きだった、それは間違いなく本当の愛だったと思います。でも小説の構図として、あるいは源氏の無意識というものを考えてみたときに、藤壺が父の奥さんでなければ手を出してたのかどうかと、私はうがった見方をどうしてもしてしまって。

瀬戸内　それは非常に近代的な見方ね。

田中　そうです。近代的、ということは、男性的、ということにもなるでしょうか。小説の構図としては、自分が天皇になれない立場になってしまった。もう外へ出されてしまった。臣下へ置かれた状態で、別にその恨みがあってというわけではないでしょうが、小説の構図としては、もう絶対、手の届かない存在である桐壺帝――父親であり天皇であるという絶対的なタブー――を冒してやろうという、そんな意識ともいえない意識が、どこかにあったのではないかと私は思うんです。

瀬戸内　そう、それは読者として自由に想像していいと思いますね。

それでね、あれは小説だからできたんで、実際はそんなことあり得ないことがいっぱいあるんですよ。母・桐壺更衣の死後、その里にいた光源氏を桐壺帝が参内させる。母親が死んで可哀《かわい》そうだからといって連れてきて、宮中の自分の手許《てもと》で育てたとあるでしょう。そういうことは、現実には絶対あり得ない。小説だからあり得たんですね。そこがやっぱり紫式部の小説家としてすごかった点だと思いますね。これはあくまで紫式部のフィクションの小説です。天皇がお后の局《つぼね》へ行くときに、源氏をまだ子供だからって油断して連れていくんですよ。そういう事実もあり得ないこと。けれども、それは小説だからあり得たのね。

桐壺帝は光源氏をまだ子供と思っているのね、でも十歳だからませた子なら、女に興味を持つでしょう。あ、この人はあんまりきれいじゃないとか、この人は美形だとか思うでしょう。帝の妃の中で一番若くてきれいなのが藤壺だった。年の差は五つ。その藤壺をまわりの女房たちが寄ってたかって、この人はあなたの亡くなったお母さんとそっくりですよなんて言うから、亡き母親を恋しいという気持ちから藤壺を最初は好きになり、気がついたら母恋いが初恋になっていた……そういう解釈ですよね、今までの解釈はね。

でも田中さんの解釈も、面白いと思いますよ。

田中　どうしても男の見方をしてしまう。そうでないと読めないというか、そうであれば読めるという感じなんですね。

これもやっぱり、はっきりとは書かれていませんが、藤壺と源氏の間に子供が生まれて、桐壺帝がその赤ん坊を抱っこしたときに、実の父親は源氏だろうと……。

瀬戸内　桐壺帝は知ってたと思う。

田中　知ってましたか、やはり。

瀬戸内　知ってた。それでね……。

田中　そこをうかがいたかったんです。

瀬戸内　私の訳の『源氏物語』をね、二〇〇〇年に歌舞伎でやったんですよ。市川新之助、今の海老蔵が光源氏で。でも海老蔵さんはそのとき二十三くらいで、源氏なんか読んだことないから、もうとんちんかんで（笑）。桐壺帝を團十郎さんがやった。それでね、妻と息子の不倫の子供を抱く場面があった。後で私が團十郎さんに、あなた、あそこで子供を抱いたときに、これは自分の子じゃない、藤壺と源氏の子だとわかった心で抱いたんですか、それともほんとにだまされた気持ちで抱いたんですかって聞いた。團十郎さんは大きな目で私を見て、「それはもう、わかった心で抱きましたよ」って。だから團十郎さんはちゃんと『源氏物語』を読んでる。

私は藤壺って嫌な女だと思うんですよ。

田中　そうですか。

瀬戸内　だってね、不義の子でしょう。それをね、あなたの子だなんて桐壺帝にうそついてね。東宮にしようとする。そして源氏にも不倫の子とは教えない。すごい女ですよ。それで帝はだまされたふりをするのね。それは帝が非常に藤壺を愛していたのと、同時に源氏を深く愛していたから、両方傷つけたくないからね。もしも、自分がこれは不義の子だと認めたら、二人は殺されなきゃいけないでしょう。だから、二人を助けるために黙るんですね。

子供が源氏とそっくりなところも、おかしいでしょう。だって、おまえとそっくりだなんて桐壺帝が言うじゃないですか。そしたら源氏がちょっと恥ずかしくなって、下向くところがありますよね。だからそれはおっしゃるとおりですよ。

でもあの当時はね、とにかく高級貴族は自分の娘を後宮に入れて、天皇に愛を受けて男の子を生んでもらうことが、最高の希望だったんです。桐壺更衣のお父さんも身分は大納言だったけれど、それを望んだ。その両親の気持ちを、桐壺更衣はちゃんとわかってるんですよ。だからみんなにいじめられるんだけれども、何が何でも、男の子を産んで、それを天皇にしたいと思ってるんですよ。だから、瀕死《ひんし》になってようやくうちへ帰してもらうとき、桐壺帝が見送るでしょう。そのときに、ちゃんとこの子（光源氏）を天皇にしてくれって、口に出せないけど全身で言ってるんですよ。それを、読者はあんまり読んでないのね。桐壺帝はそれを聞いてるんだけど、しっかりした後見人がないととても苦労する。だから源氏をわざと臣下に落とすんですね。臣下になったからこそ、あれだけ自由に恋愛ができた。皇太子だったら、それは不自由でできないの。

田中　できないですね。口に出せないけど言っているというのは「かぎりとて別るる道のかなしきにいかまほしきは命なりけり」という歌を詠んだ桐壺更衣が、まだ何か言いたそうにしている、という場面ですね。

今うかがった、桐壺帝が気がついていたということは、源氏はわかっていたんでしょうか。

瀬戸内　どうかしら、自分が正妻にした三の宮と柏木《かしわぎ》の不義の子を抱かされた時、父帝も知っていたのじゃないかと思っていますね。

田中　ああ、父はそうやって見て見ぬふりをしていたのだと源氏がもし気づいたんだとしたら、それは大変な打撃というか、もう完全に父親に押さえつけられてしまったことになりますね。桐壺帝というのはそう重々しい人物には描かれてませんが、全て呑《の》み込んで悠然とふるまっていたということかもしれない。源氏にすれば父親がうろたえて自分を罵倒するとかしてくれたほうがいいのに……。

瀬戸内　かなわない、と。

田中　もう絶対かなわないというふうに思ったでしょうね。

瀬戸内　海老蔵さんもね、はじめはとんちんかんだったけど、何度も演じてるうちにそういう源氏の気持ちをだんだんわかってきた。いずれにしてもその頃の海老蔵さんはね、もう本当にきれいだったの。源氏になって舞台に立っただけで、客席にうわーっとため息のざわめきが広がるんですよ。私の横にいたおばあさんなんて、「何もしないでいいの、そこでただ立ってるだけでいいんです。老の命が延びますよ」って独り言いってた（笑）。それくらいきれいだった。ああ、源氏はこうだったんだなと思いましたね。

●紫式部の手腕

田中　私は川端康成さんの小説が好きなんですが、川端さんが『源氏物語』を現代語訳してたら、どのようなものになっていたと思われますか？　『山の音』や『千羽鶴』のように、一章一章が短編であるとも読めて全体としてもつながっている、というのは『源氏物語』に通じると思うんですが。

瀬戸内　川端さんは現代語訳をやりかけてたんです。私はその現場を見たんですよ。

川端さんが京都にいらっしゃるとね、電話がかかって呼び出されます。川端さんはお酒飲まないけど、私を連れて、料亭やお茶屋とかに行くんですよ。あるときお茶屋に呼ばれて行ったらね、素人の女の子がずらっといるんですよ。川端さんが歩いててふっと後ろを見たら彼女たちがぞろぞろついてきてたんだって。それで私と女の子たちがぐちゃぐちゃ飲んでるのを、川端さん、横でじーっと、何も飲まないでただ見てる。それでご満足なの。

で、別のあるときに、川端さんから電話があって、今日は都ホテルにいるからいらっしゃいと。私が行ったら、部屋に上がって来いって……川端さんと私はそういうこと絶対ない関係だから（笑）、気軽に行ったんですよ。ドアをあけたら向こうに窓があって、その前に机がある。その机の上に、源氏の古注が何冊も置いてあったんですよ。実はそのとき私もひそかに源氏の現代語訳をやってたんです。だからあれは古注だとすぐわかった。机には原稿用紙があって、川端さんの字で半頁くらい書いてあるのね。それで、「先生、源氏なさるんですか」って、もういきなり聞いたのよ。そしたら、ええ、出版社がうるさくってね、とうとうやることになりましたって。それは読みたいですって言ったけれども、これは大変なことになったと思った（笑）。だって、円地文子さんは源氏の現代語訳をしたときに、谷崎潤一郎さんに挨拶に行ってるのよ。私は京都に家があったけど、東京でも目白台のアパートに仕事場があって、そこを円地さんも源氏を訳す仕事場にされました。ここにはあなたがいるから、仕事はここでさせてもらうって。そして私が「源氏の訳をするときは谷崎さんにご挨拶に行かなきゃいけないんですか」って聞いたらね、それは谷崎さんがお書きになった後で私が書くんだから、やっぱりご挨拶するもんですって教えられた。谷崎さんにご挨拶に行って、しっかりおやんなさいと言われたって、戻ってきた円地さんがおっしゃってました。

目白台のアパートで円地さんにお茶をお出しすると、いろいろと話してくれるんですよ、源氏のいま訳してるところのことを。

円地さんはね、光源氏を好きなの。もしも源氏がこの世にいたら、私は一遍お願い申したいなんてぐらい（笑）。私は源氏、嫌いなの。あんな、口から出まかせよう言うようと思って、そんなに好きじゃない。谷崎さんも、源氏嫌いでした。

田中　そうなんですか。

瀬戸内　ご自分はあれだけいろいろ情事があったくせにね、源氏のような女ったらしはだめだと。

編集部　田中さんは光源氏について、好き、嫌いは……？

田中　いや、男としては、まあ、大変なスーパースターで羨ましいんですが、好きとか嫌いとかということではなくて。あの人物があそこにいることであの物語が成立しているので、それはもう好き嫌いではなくて、そこに絶対いなきゃいけない人物でしょうね。嫌いだけどいてもらわなきゃ困る。

瀬戸内　あの人で動いているんだから。

田中　そうですね。私はどうしても人物よりストーリーを追ってしまいます。例えば六条御息所《ろくじようのみやすどころ》にしても、恋敵である葵上《あおいのうえ》の一行との車争いがあって負かされて、身ごもった葵上に生霊になってとりついて、ふと気がついたら、葵上の枕許でとりついた生霊を退散させるために焚《た》かれていた芥子《けし》のにおい、護摩《ごま》焚きのにおいが自分に染み付いてる……。

瀬戸内　うまいですねえ。すごいですよ、あれは。

田中　あのストーリー、あの場面、あそこは一番好きですね。

瀬戸内　芥子のにおいが自分の着物やからだに染み付いてる。でもあれはね、私は六条御息所の観念的な恐怖心が、においを嗅いだのであって、本当は何もなかったと思うんですよ。

田中　ああ……だとしたら御息所はコミカルだし、それ以上に悲しいですね。

瀬戸内　私はね、紫式部は非常にインテリで、護摩で病気が治るなんてね、思ってなかったと思うの。だから六条御息所も、そんなふうに護摩がどうのって思ってないと思うのね。魂が葵上のもとに行ったなんて、全部御息所の観念の所産でしょう。ただ読者としてはそう行ってくれなきゃ困るし、着物がにおった、肌までにおったなんて、非常にうまいと思うのよ。だけど紫式部はそうは思ってなかったんじゃないか。

田中　ほんとに生霊として葵上のところに行ったんだとしたら、いわゆるオカルトとしての描写のみになってしまいますが、確かに今おっしゃったような展開だったとすれば、芥子が香るという具体的なことでもって六条御息所の心理を描いているということになりますので、そこはすごくうまいなと思いますね。

瀬戸内　紫式部は非常にインテリで、あんまりそんなこと信じてなかったんじゃない？　そういうこと信じてたら、あんな小説書けないですよ。私は小説というのは、小説でも音楽でも、芸術というものはね、一に才能、二に才能、三に才能と思ってるんです。

だから田中さんね、びくびくすることないの。あなた才能があるんですよ。そうでなかったらね、ここまで来ない。だからね、もうあとは放っといてもね、必ず大家になります。

田中　いや、そんなことはないと……。

瀬戸内　いや、なります。努力しないでもなります。書けばいいんだから。ただ、書くということを続けるということが、やっぱりそれが才能だと思うわね。

●私小説の「本当」は三分《さんぶ》

瀬戸内　毎日仕事をする。鉛筆を削って毎日書く——それはね、宇野千代さんが言ってるの。でも宇野さんは、デザイナーとかの仕事を長い間して、そのときは全然書かなかったんですよ。だけどもね、北原武夫さんに捨てられて、突然また書き出した。だからやっぱりね、失恋というのは作家にはいいことなのね。

田中　そこでうかがいたいんですけど、私はいわゆる私小説というのは書かないいんですね。今言われた、捨てられたから書くということがもしあるとして、それは私小説になるのか、それともそこから実体験と関係のない作品が生まれるのか。

瀬戸内　捨てられたから書いたんじゃなく、捨てられたから、また書く意欲が出てきたの。その場合に宇野さんは私小説だったけど、私小説って言ったって、ほんとにこんなことがありましたなんて、あるとおり書いたものなんて読めないですよ、あほらしくって。それはね、本当は三分、あとの七分はつくりものですよ。

田中　そうですね。だからいわゆる私小説とか、私小説的なものがずっと評価されてきているというのは、自分のことを露悪的に書くのではなくて、さもそうであるかのように書くということだとは思います、戦略として。

瀬戸内　そうそう、それは方法です。

田中　ただ、私はそれもできなくて。自分をできれば出したくないと思っていて。私にとって小説というのは、世の中と私自身との間にある衝立《ついたて》みたいなものなんです。そういうもので防御しておかないと、そのまま地続きになってしまいますので、なるべくつくっていこう、つくっていこうという意識が働いてしまうんです。

瀬戸内　それはそのほうがいいに決まってます。

田中　それが苦しくなることもあるんですが、そこは続けていかないと、と。

瀬戸内　そうそう。あなたのように何もしないで引きこもりしてたら、私小説なんて書けませんよ（笑）。

田中　そうなんです。ほんとにそうなんです。そういう生活の中から小説が生まれることはあっても、生活をそのまま書くことはあり得ません。

瀬戸内　私は最初ね、『花芯』という小説でね、それはもう批判されたんですよ。『花芯』を、みんな私小説だと思って読まれた。違うの。あれはもう全くね、あなたの今の小説と同じよね、徹底的なつくり話なんです。それを私小説だと思われた。それでね、自分のセックスがいいとか書いてるなんて、くだらないことばっかり言われたんですよ。一生懸命つくったものを、頭から私小説だと言われてね、こんな話のわからないところで小説書いてもしょうがないと思ったぐらいよ。でも悔しいから書いてやろうと思った。その後。

あの時は匿名批評家がもうひどいことを書いた。私はあんまりしゃくにさわったから、こんなことを言う批評家はインポテンツで女房は不感症だろうって書いたのよ。そしたらもう、みんなほんとに怒って。ほかの批評家までが怒ったの（笑）。

田中　それは何とも……。

瀬戸内　それで五年書かせてくれなかったのよ。文芸雑誌に。私はね、何でも書くけど、こう見えてすごい純文学コンプレックスがあって。はじめから純文学を書きたかったの。もう、どうしても純文学。だから芥川賞が欲しかった。直木賞は候補に一回なったんですよ。だけど私も悩んでね。直木賞もらったら、私は大衆作家になるから、欲しくないと思ったの。それで、もし受賞したらどう断ろうかと……阿呆でしょう。ほんとにそう思ってたの。

それくらいね、芥川賞は欲しかった。でも、芥川は好きじゃない。私あなたと同じ意見。私が好きな小説家ね、谷崎さん、川端さん、三島。かの子。あの線が好きなんです。

田中　私も芥川龍之介というのはいまだに、『トロッコ』は好きなんですが、そのほか特にひっかかったものというのは実はなくて。

瀬戸内　芥川の作品は、わざとらしいよ。

田中　苦手ですね。あそこが理解できれば一番いいのかもしれないとも思うんですが、どこか息苦しい感じがしますね。こんな作品を書く人は確かに自ら命を絶つだろうな、という感じがします。芥川賞をもらっておいてこんなこと言うのも何ですが……。

編集部　ときに一月十七日の芥川賞受賞会見では、田中さんの「もらっといてやる」発言が波紋を呼びましたが……。

瀬戸内　いや、あれくらい言っていいですよ。

田中　私もそれまで四回落とされて、ようやくっていう感じだったんで、実はあれはそんなに大した発言ではないと思っていたんですね。

瀬戸内　そうそう。「私がもらって当然」、でいいの。私は芥川賞をもらってないけどね、小田仁二郎が二回ぐらい芥川賞候補、直木賞一回だか候補になってるんですよ。小田仁二郎って田中さんは若いから知らないだろうけど、私の好きだった男なんですよ。一緒に月の半分、住んでたんです。非常にいい作家よ。それで芥川賞の候補になるのね、そのたんびに大騒ぎになるでしょう。一回ね、受賞しましたっていう誤報があって、「感想を」なんて言われて、でもそれは間違いだったの。

田中　ひどいですね、それは……。

瀬戸内　それでね、もうほんとにそのとき恥ずかしかったって。悔しかったってね。そういう話、私聞いてるんですよ。だからね、私、田中さんの会見を見て、よう言った、よう言った、って……（笑）。

田中　でもあれぐらいのこと言って、世の中が騒いだんなら、それはそれでまあ、構わないんですけど、私としては毎日の仕事をきちんとすることが大切で。前から『群像』で連載をやっていて、その仕事に戻ることができたのでよかったです。何もやっていなくて、受賞から仕切り直しとなるとちょっとつらいと思うんですが、私としては手許の仕事をやっている最中に芥川賞をもらったので、それはそれで過ぎたことという感じですね。

瀬戸内　『共喰い』は随分売れてるのね。だけどそんなに、これからは売れないよ。

田中　はい。もちろんそれは覚悟はしています。

瀬戸内　純文学って売れないの。

田中　はい。それはよくわかってます。

瀬戸内　それだけでやっていくの大変なのよ、日本は。だから金持ちの女をね……なるべく未亡人で……（笑）。

田中　金持ちの未亡人……。
瀬戸内　それを引っかけて、一生懸命サービスして、早く殺すの。それで遺産うんともらって今度は若い女の子と結婚して（笑）。
田中　いや、その度胸はありませんので、自分で稼ぐことにします。

●作家の「耐用年数」？

編集部　田中さんは今日、下関から京都に向かう新幹線の車中でも原稿を書かれていたとか。
田中　はい、少しですが。一日に必ず一度は鉛筆を持ちます。三百六十五日、欠かしません。
瀬戸内　私も毎日書いてますよ。書かなきゃね、もう間に合わないから。電車の中でも、飛行機の中でも。
田中　万年筆でお書きになるんですか？
瀬戸内　万年筆でずっと書いてたら、最近になってね書痙《しょけい》が出たの。それで鉛筆に一度換えたんだけど、いつの間にか治って、万年筆に戻しました。

田中　私はずっと鉛筆で、書き損じが非常に多いんですね、だからちょっとの間違いは消しゴムでパパッと消して、大幅なところはガーッと消して、そういう形でやってます。そこで今日、もう一つうかがいたかったのですが、瀬戸内さんは、作家になられてもう六十年……。

瀬戸内　そうね。それだけで食べていた。あなたもほかの仕事しちゃだめよ。

田中　私も、ほかの職業はないので、筆一本でやっていくしかないと思っていて。言葉というのはもちろん蓄積ですので、まず本を読むという行為があって、どんどん言葉をため込んでいって、それをはき出すということの繰り返しですね。それをやっていれば、多分ずっと書けるのではないかと思うんですが、ただ、作家というのは、例えば先ほど三島さんや芥川さんの話も出ましたが、耐用年数というのが決まっているのではないかと思うこともあるんです。でも、瀬戸内さんはもう六十年もお書きになっている……。

瀬戸内　私はね、もうほんとは、やめるべきかなと思うんですけどね、まだ書くことがあるのよね。

田中　それは湧いてくるという……。

瀬戸内　湧いてくるんじゃなくて、あれを書いておきたい、もし命があればこれも書いておきたいなというものがまだ三つぐらいあるの。

田中　私は、例えば瀬戸内さんの年齢になったときに、果たして自分の耐用年数が残っているんだろうかって、それを考えてしまうんです、どうしても。

瀬戸内　それはね、毎日毎日書いてたらね、あなたのようによく本を読んでいたらね、限りなく出てきます。限りなく湧き出てくる。

田中　私がなぜそんなことを考えるかというと、私の父が、これは全く個人的な話になってしまうんですが、私が四歳のときに亡くなりました。三十四でした。私は今三十九です。もう五年、父の年を超えたということになるんですね。子供のころから、私は三十四で自分が死ぬんだろうと思ってました。本当に思ってました。どうしよう、三十四で死ななきゃいけない、というふうに。三十四のちょっと手前、三十二歳で幸い作家として世に出ることができたんです。三十三、四になって、五になったときに、三十五になってしまったと思った。なると思っていなかったんですね、ほんとに。なのに、なってしまった。そうするともう、自分はいつどうなってもおかしくないような領域に踏み込んできたんだなという感覚が、日々強まっている感じなんです。年齢的に考えればそんなことはないんですけど……。

瀬戸内　あなた、私のように九十まで生きてごらん。そうしたらもう、今夜死んでも、それは仕方がないじゃないの。私はいつもね、今日一日と思って生きてますよ。だから今日あなたに会ってね、これはもうよく会えたと有難く思ってますよ。

あなたはまだまだ生きます。百まで生きるんじゃないの、なんちゃって（笑）。

田中　そう言っていただくとうれしいです。ただ私は……。母がいま健在でおりますが、父と死別後、ずっと独身でいます。こんなことを言っては父にも母にも申し訳ないんですが、自分は長く生きていては親不孝なんじゃないかという意識がどうしても抜けないんですね。父が早くに亡くなった。母はずっと一人で私のために苦労している。なのに自分一人が……と。長く生きてちゃいけないんじゃないか、まともな死に方は許されないんじゃないか、と。私はだから未だ独身ですし、恋愛に対しても非常に臆病なんですが……それはまあ女性にもてないという根本的な問題があるにしてもですね……自分だけ恋愛して結婚して幸せになっていいのかという思いが、常に私にはあって。父の死んだ年を超えてから、特にそれが強くなってきたんです。

瀬戸内　よくわかります。

田中　逆に言いますと、もし自分が恋愛して、結婚して、子供ができると、父のようになってしまうのではないかと。要するに生殖能力を使って、雄として役目がもう終わって、そこで死んでいくんじゃないかという恐怖心もあって……。

瀬戸内　やってみたらいいじゃない。試してみたらいいじゃない（笑）。

田中　そうなんですけど、そこが非常に根本的に怖いところで。

瀬戸内　心配？

田中　だから小説にしがみついているというか。だから書けているという面もまあ、あります。私生活が充実すると作家としては質が落ちるかもしれません。だけど怖いですね、本当に。私小説が書けないというのは、そういうところもあります。さらけ出すと全部持ってかれてしまうような……。

瀬戸内　あまり大きな病気はしたことないんですか。

田中　大きな病気はないです、今のところ。

瀬戸内　それで勤めも何もしないでいたらね、くたびれないものよね（笑）。

田中　それはまあ……。

瀬戸内　お母さんはでも、芥川賞を喜ばれたでしょう。

田中　そうですね。

瀬戸内　ほんとに孝行しましたよ。私なんかね、父も母も早く死んでね、それで、私のことをもうあのばかがと思いながら死んだの。かわいそうですよ。いろいろ華やかな賞をもらったりする時、ああ、生きてたらこんな時喜ぶだろうなと思いますよ。ほんとに、私が何も物にならないところで死んでます。だからやっぱりね、お母さんをいま喜ばせてあげたということは、あなたはもう、ほんとによかった。孝行しました。

田中　はい、ありがとうございます。母のためには本当によかったと感じます。

●宗教と文学

編集部　田中さんは『群像』で「燃える家」という小説を連載されています。そこではテーマのひとつに、キリスト教があるように思われるのですが……。

瀬戸内　すごいのね、千枚にするんだって？

田中　そうです。今六百五十枚ぐらいまで来ています。

瀬戸内　キリスト、好きなんでしょ？

田中　いや、私は信心は何もないんですが、先ほど言った父が早く亡くなっていることがあって、絶対的なもの、いるべきものがいないというところで、逆にそういう大きなものに対する興味のようなものがありまして。自分で信仰を持つというところまでは踏み込めないんですが。

瀬戸内　踏み込まなくていいですよ。私はまさか自分が坊主になるなんて思ってもいなかったです。

田中　信仰というもの、文学というものを考えますと、信仰とは絶対的な何かがあって、それを信じるということですね。文学とはそういう絶対的な何かがない、欠落した状態で自分一人で立って書くもので。私は両者は逆のもののように考えてしまうのですが、瀬戸内さんの中では、それは矛盾は……？

瀬戸内　いやいや、私はもう、ほんとに坊さんになるなんて思ってなかった。ただね、何でもよかったの。人間以外の何か大きな力が欲しかったのね。だから最初、遠藤周作さんにお願いして、カソリックの洗礼受けたいから教えてって頼みましたよ。遠藤さんは、ああ瀬戸内さんもとうとうそこまで来てよかったねって。でも紆《う》余曲折《よきょくせつ》あって、じゃあ仏教にしようかなと思って、お寺へ行ったけど、みんな断られて。それで今東光先生が引き受けてくれて。

だけど私のうちは神仏具商なんですよ。だから信じてないの、そういうもの。商売道具だからね。だから仏教そのものじゃなくて、何か仏教的哲学というバックボーンが欲しかった。

田中　それは絶対的なものということですか。

瀬戸内　自分が小説を書いていくためよ。生きるためじゃない。私は小説を書いていくために、自分の背骨をもっとしっかりしたかったの。

田中　じゃあ出家した時点で例えば筆を折ろうとか、そういうことは全くお考えではなく。

瀬戸内　全然ない。もう全然ない。

田中　小説を書くために、ですか。人としていろいろあってその結果出家、ということではなく？

瀬戸内　全部小説を書くためなんですよ。それがね、一たん出家してしまったらね、やっぱり義務があるのね、仏教徒にはいろいろ。天台宗は割合そういうこと言わないほうなんだけど、やっぱりあるんですよ、出家者としての義務が。坊主をやめない限りは義務をしなきゃいけない。だから今してる仏教的なこと、全部義務なんですよ。義務はね、うれしくないよ、しんどいよ。物を書くのは私の快楽ですよ。やりたくて書いてるんだから。だからもう五枚書いても、三枚書いてもね、できたら、わあーって言って、うれしいと思うのね。ましてや千枚なんか書いたら、うわーなんてひっくり返りますよ。だれも認めてくれなくってもね、悪口言われてもね、もうそれは、自分だけでうれしいの。だから私にとって小説は快楽なんだけどね、宗教はね、義務ですよ。義務は面白くないですよ。だけどそれをやってます。私はまじめだから。普通の坊さんよりちゃんとしてる。

田中　もし宗教というものがなかったら違ったものをお書きになっていたとか、あるいはさっき言った耐用年数みたいなものが変わってきた、というふうには思われますか？

瀬戸内　いや、それはもっと自分が哲学的に一生懸命考えたらいいんだけど、そういう能力がないのよ。だから何かに教えてもらおうと思ったの。仏教は深いからね、やっぱり、出家してよかったと思いますよ。インドもよく行きましたしね、お釈迦さんはやっぱりなかなかの人ですよ。チャーミングな男です。

これはまだはっきりと書いたことないんだけど、『源氏物語』もね、紫式部は非常に仏伝を読んでる。だからお父さんの奥さんと源氏が密通したなんてことね、それはお釈迦さんがもしかしたら、お父さんの奥さんとしてるかもしれない。

仏伝と非常に似ているところがいっぱい出てくる。それを私はまだ、ちゃんと活字にするほど自信がないからしないんだけどね。

田中　じゃあ宗教というものと文学というものは、瀬戸内さんの中では矛盾しながらも両立しているということですか。

瀬戸内　今先生は頭なんかそらなくていいよ、行《ぎょう》なんかしなくていいよって言ったのよ。だけど私はだめ人間だから、形からちゃんとしないとだめなんですよ。だから、いや、何でもしますと言って、全部してるの。行もちゃんとしましたよ。それをしたらね、結果的に全部よかったと思うのね。私、合ってたんでしょうね仏教に。きっと。少くとも源氏物語は出家しなかったら訳せなかったですね。宇野千代さんがね、亡くなる前に私におっしゃいましたよ。文学の究極は宗教につづきますって。

●政治には出ちゃ駄目

田中　「燃える家」ではキリスト教と同時に、政治のことも書いています。そのことでひとつ思うのですが、例えば石原慎太郎さんは政治という非常に大きな、現実的な生々しい世界にいらっしゃる。三島由紀夫さんは政治という現実的な世界へは行かずに、結局ああいう亡くなり方をした。石原さんが政治家になられたのは三島さんが亡くなる前ですのでこれは全く的外れかもしれませんが、石原さんはひょっとしたら、自分が文学一本でやっていると三島さんのようになってしまうというふうに思っていらっしゃるのではないかと。現実的な政治という生々しいものと、文学という甘美な世界と、両方に立脚していることでバランスをとられているのかなと思っているのですが。

瀬戸内　いや、そこまで思ってないんじゃないの。私だってあらゆる党派から選挙に出てくれって言われたし、言われますよ。全部断わった。一度も出なかった。出たら私、一発で通ってるよ。

田中　それはそうでしょう。政治ということには、瀬戸内さんはそこまで踏み込もうとは思われなかった。

瀬戸内　今の政治を信用してない。

田中　私もそうです。

瀬戸内　今東光先生はね、ほんといい人なんだけど、おっちょこちょいのところもあって、おだてられて政治に出たんですよ。それで当選したけど、一たん入ったら、もう何も言わせてくれないんです。座ってるだけなの。それで今先生怒ってね、亡くなるときに、自分の人生で政治家になったことだけは失敗したって言ってたわ。

だからね、やっぱり文学者は政治はするべきじゃないわね。

田中　そうですか。私もそんなに政治のことは信用してないので、興味はあまり……。

瀬戸内　いや、そのうち来ますよ。あなたのいる下関は、もうすごいとこじゃないですか、政治家いっぱい出ている。絶対来るよ。

田中　そうですね、下関はずっと自民党です。いや、政治は嫌いです。じゃあ私も距離はとっておきます。はい。

瀬戸内　あなたが政治家になったたって、何もできない（笑）。

田中　そのとおりです、できませんよ、ええ。やるつもりもありません。

編集部　瀬戸内さんは東京新聞（夕刊）で「この道」を連載されています（二〇一二年六月に『烈しい生と美しい死を』として新潮社より刊行）。平塚らいてう、田村俊子、岡本かの子……さまざまな女性が歩き、拓いていった道を紹介され、そこには大逆事件で処刑された管野須賀子《かんのすがこ》や、大杉栄とともに殺害された伊藤野枝も登場します。

瀬戸内　あれはね、去年（二〇一一年）が大逆事件の百年、そして『青鞜』ができて百年なんです。それなのにマスコミはそれについて何もしなかった。私は腹を立てて、それであれを書いたんです。昔書いたことをなぞってるんだけどね、それでもね、昔読んでないひとたちは初めて読んで、もうキャーキャー言ってくれるの。

田中　今の若い女性の読者からも反響があるということですね。

瀬戸内　そう、若い人からもね。それから年寄りがまた非常に懐かしがって読んでくれてる。

編集部　田中さんはお読みになって、いかがでしたか？

田中　……昔の女性は怖かったんだなと思いますね……。

瀬戸内　昔は怖かったね。

もう恋愛と政治が一緒くたになっている。ああいう時代があったのは魅力的ではあるんですが、女性の立場が今ほど強くなくて、それは女性にとっては不幸な時代だった。でも不幸であったからあそこまでのエネルギーが出たんだなと思います。彼女たちがほんとに幸せだったのかどうかというのは、燃焼し尽くしたと言えばそうなんでしょうけれども、一種、時代の犠牲なのかな、というふうにも思います。

でも伊藤野枝なんかは、非常に幸せだったと思ってますよ。殺されるのを、そういう日が来ることを期待してたくらいですから。それでも引かなかったでしょう。それから管野須賀子なんかは、ほんとに喜んで死んでますね。自分が日本の女革命家として最初の死刑者だと思って誇りを持って死んでると思うの。

みんな、早く殺されたっていいじゃないの、好きな人と一緒に死ぬんだもの。

田中　女性というのは自分のために命をかけられるんだなって思うんです。男って臆病で自分のために命をかけられないから、何か、国のためとか、仕事のためとか、家族のためとかって、自分以外のものに向かっていってしまう。もちろんそれはそれで重要なんでしょうけど、女の人はやっぱり目の前の自分の人生に命かけるんだなっていう、それが怖いんです。

編集部　大逆事件のような〝お上への反逆〟ということでいうと、田中さんの長州の場合、「安政の大獄」での……

田中　まあそうですね、吉田松陰。

瀬戸内　恐ろしいのよ、この人は、そういうこと。

田中　長州というのはかなり荒っぽいところがあって、その後の山県有朋《やまがたありとも》や陸軍のイメージにどうしても結びついてしまいます。そういうマッチョなところはあんまり好きではないんです。どうしても下関の人間は、政治家も含め「明治維新は……」などと言うんですが、そんなことどうでもいいと思います（笑）。

瀬戸内　どうでもいいよ。田中さんみたいにね、こういう頑丈じゃない感じの人がね、案外長生きするのよ。頑丈な人はね、かえって危ない。

田中　私もできれば瀬戸内さんのお年まで現役で……。毎日書き続けるつもりで本当におりますので。

瀬戸内　でも結婚したほうがいいね。
田中　そうですか。
瀬戸内　だからお母さんの気に入るやさしい人と結婚する。お母さんが寂しくなっちゃ困るから。そして早く孫をみせてあげるのも孝行ですよ。……これは尼さんのことば。ほんとは恋愛はじゃんじゃんして、結婚なんかしない方が、いい小説が書けると私は信じています。……これは小説家のことば。

二〇一二年三月十六日　京都「寂庵」にて

撮影／中野義樹　扉デザイン／中村慎太郎　構成／すばる編集部

初出
「共喰い」　「すばる」二〇一一年十月号
第一四六回芥川龍之介賞受賞
「第三紀層の魚」　「すばる」二〇一〇年十二月号
対談　「すばる」二〇一二年七月号
単行本
二〇一二年一月、集英社刊

集英社文庫　目録（日本文学）

高橋千劔破　江戸の旅人　大名から逃亡者まで30人の旅
高橋三千綱　霊感淑女
高橋三千綱　空の剣　男谷精一郎の孤独
高橋義夫　佐々木小次郎
高見澤たか子　「終の住みか」のつくり方
高村光太郎　レモン哀歌—高村光太郎詩集
竹内真　粗《そ》忽《こつ》拳《けん》銃《じゅう》
竹内真　カレーライフ
武田鉄矢　母に捧げるバラード
武田鉄矢　母に捧げるラストバラード
武田晴人　談合の経済学
竹田真砂子　牛《うし》込《ごめ》御《ご》門《もん》余《よ》時《じ》
竹西寛子　蘭　竹西寛子自選短篇集
嶽本野ばら　エミリー
多湖輝　四十過ぎたら「頭が固くなる」はウソ
太宰治　人間失格

太宰治　走れメロス
太宰治　斜陽
多田富雄　柳澤桂子　露の身ながら　往復書簡　いのちへの対話
多田富雄　寡黙なる巨人
多田容子　柳生平定記
多田容子　諸刃の燕
伊達一行　妖言集
田中慎弥　共喰い
田中啓文　異《い》形《ぎょう》家の食卓
田中啓文　ハナシがちがう！　笑酔亭梅寿謎解噺
田中啓文　ハナシにならん！　笑酔亭梅寿謎解噺2
田中啓文　ハナシがはずむ！　笑酔亭梅寿謎解噺3
田中啓文　ハナシがうごく！　笑酔亭梅寿謎解噺4
田中啓文　茶坊主漫遊記
田中啓文　鍋奉行犯科帳
田辺聖子　オムライスはお好き？

田辺聖子　花衣ぬぐやまつわる…(上)(下)
田辺聖子　工藤直子　古典の森へ　田辺聖子の誘う
田辺聖子　夢渦巻
田辺聖子　鏡をみてはいけません
田辺聖子　楽老抄　ゆめのしずく
田辺聖子　セピア色の映画館
田辺聖子　姥ざかり花の旅笠　小田宅子の「東路日記」
田辺聖子　夢の櫂こぎ　どんぶらこ
田辺聖子　愛を謳《うた》う
田辺聖子　あめんぼに夕立　楽老抄II
田辺聖子　愛してよろしいですか？
田辺聖子　九時まで待って
田辺聖子　風をください
田辺聖子　ベッドの思惑
田辺聖子　春のめざめは紫の巻　新・私本源氏
田辺聖子　恋のからたち垣の巻　異本源氏物語

集英社文庫

共喰《ともぐ》い

2013年1月25日　第1刷　　定価はカバーに表示してあります。

著　者　田中慎弥《たなかしんや》

発行者　加藤　潤

発行所　株式会社　集英社

東京都千代田区一ツ橋2-5-10　〒101-8050

電話　03-3230-6095（編集）

03-3230-6393（販売）

03-3230-6080（読者係）

印　刷　大日本印刷株式会社

製　本　大日本印刷株式会社

フォーマットデザイン　アリヤマデザインストア　　マークデザイン　居山浩二

本書の一部あるいは全部を無断で複写複製することは、法律で認められた場合を除き、著作権の侵害となります。また、業者など、読者本人以外による本書のデジタル化は、いかなる場合でも一切認められませんのでご注意下さい。

造本には十分注意しておりますが、乱丁・落丁（本のページ順序の間違いや抜け落ち）の場合はお取り替え致します。購入された書店名を明記して小社読者係宛にお送り下さい。送料は小社負担でお取り替え致します。但し、古書店で購入したものについてはお取り替え出来ません。

© Shinya Tanaka 2013　Printed in Japan

ISBN978-4-08-745023-1 C0193